典藏文學

樂動森林

Forest Narratives

森林報

Forest Newspaper

&

柳林風聲

The Wind in the Willows

維・比安基

Vitaly Bianki

1894 - 1959

只有像比安基這樣熱愛大自然的人，才能帶給讀者如此栩栩如生的自然文學創作。

他的父親是一位生物學家，比安基受其薰陶，從小就熱愛大自然，並對動物的知識與大自然的奧祕產生濃厚的興趣。他除了以自然科系中的鳥類學為大學專業之外，也從事繪製動植物的藝術研究。

對大自然有強烈探索慾望的他，在科學考察或旅行時，時常與護林員和獵人交流，吸收他們對自然生態的經驗與體悟，並留心觀察生態環境在四季變化下的差異。經年累月的研究讓他累積了許多素材，為日後的文學創作打下深厚基礎，造就了他筆下讓人彷彿身歷其境的自然風光，而比安基也因此被稱為「發現森林第一人」和「森林啞語翻譯者」。

比安基從事創作三十多年，著有大量科普作品、童話及短篇小說，代表作有《森林報》、《少年哥倫布》和《寫在雪地上的書》，其中又以《森林報》最為知名。

《森林報》以新聞報導的獨特角度，描寫尋常生活中容易被忽視的事物，並融入別出心裁的詩意與自然科普，為讀者揭開森林與自然的神祕面紗。而其不同於尋常童書的內容，也使它享有「大自然的百科全書」的美譽，深受大小朋友喜愛。

肯尼斯・葛拉罕

Kenneth Grahame

1859 - 1932

葛拉罕是英國兒童文學作家，任職於銀行的他，白天在工作崗位盡忠職守，晚上則回家奮筆疾書。他的文筆細膩溫暖，曾在雜誌上刊登短篇作品，之後陸續集結出版《異教徒誌》、《黃金時代》與《夢中日子》。而他最知名的代表作品，就是以擬人化動物為主角的《柳林風聲》。

《柳林風聲》原本是葛拉罕為孩子構思的床邊故事，包含了如夢似幻的溫馨自然場景，以及個性鮮明的四個動物主角：害羞的鼴鼠、溫柔的河鼠、任性的蛤蟆和穩重的獾。童趣與詩意兼具的世界觀，除了源於一位父親對孩子的愛，更與他自小和外婆生活在風光秀麗的泰晤士河郊區，於自然美景間穿梭、和各種小動物打交道的童年經歷有關。

一經問世，《柳林風聲》便深受大眾喜愛，連當時的美國總統羅斯福都大力讚揚；也是知名奇幻小說家J·K·羅琳最欣賞的文學作品之一；當時的倫敦劇作家也因為蛤蟆鮮明的角色形象，將其作為音樂劇劇本《宅邸中的蛤蟆》的主人公，廣受好評。故事中動物著衣、兩腿走路的擬人化設定，也對後世作品影響深遠，如迪士尼的動畫電影《動物方城市》等。

森林報
Forest Newspaper
P.7

柳林風聲
The Wind in the Willows
P.103

森林報

目錄

致讀者

一般報紙上，刊登的都是人的消息與活動。不過，孩子們也很想瞭解有關飛禽走獸和昆蟲的有趣故事。

森林裡發生的趣事和城市裡一樣多。森林裡也有各式各樣的「工作」，也有愉快的節日和不幸的事件，也有英雄和強盜。可是，城市裡的報紙很少報導這類消息，因此無人知曉林中新聞。

比如，有誰聽說過，嚴寒的冬季裡，在列寧格勒州，有一種沒有翅膀的小蚊子會鑽出泥土，赤著腳在雪地上奔跑？比如，有誰在報紙上看過，林中的巨大麋鹿打群架、候鳥大搬遷，或是長腳秧雞徒步穿越歐洲大陸？

在《森林報》上可以看到這些有趣的故事。

《森林報》按每月一期編排，總共十二期。每期包括以下內容：編輯部的文章、發自森林記者的電報和信件，以及打獵趣聞。我們把這十二期編成一本書。

小朋友、獵人、科學家和林務人員組成了森林記者的團隊。他們經常到森林裡觀察飛禽走獸和昆蟲怎樣生活，並即時記錄森林裡發生的各種趣事，然後寄給我們編輯部。

我們派出特派記者，去採訪赫赫有名的獵人薩索伊其。獵人和記者一起打獵，當他們在營火旁休息的時候，薩索伊其常常講起他的奇遇。特派記者則記下他講的故事，再寄給我們編輯部。

每一期《森林報》都附加了問答遊戲，我們稱之為「打靶場」。在「打靶場」裡，讀者可以比賽答題的準確性。凡是認真閱讀《森林報》的讀者，都能夠輕易地回答大部分問題。

建議我們的讀者以小組為單位玩「打靶場」遊戲。請大聲朗讀問題，所有參賽者把答案都寫在自己的紙上。請不要馬上回答所有問題，例如：對於長腳秧雞的身高問題，最好等過幾天，組員們商量之後再回答。在這幾天，可以去瞭解一下牠們到底長什麼樣子。

我們還邀請了生物學博士、植物學家、作家尼娜·米哈依娜弗娜·芭芙洛娃給《森林報》寫文章，談談各種有趣的植物。

我們希望讀者能夠藉由《森林報》熟悉大自然的生活，這樣，才能自在地與動物和植物共處。

森林年

讀者也許會認為《森林報》上刊登的森林新聞，都是些舊聞。但事實並非如此。的確，每年都有春天，但是，每年的春天都是嶄新的，無論你活了多少年，都不會看見兩個完全相同的春天。

春回大地。森林甦醒了，熊從窩裡爬出來，雪水淹沒了動物的地下洞穴；鳥兒飛過來，重新開始嬉戲，動物又開始繁衍後代。

我們刊登的森林日曆與普通的日曆不太相像，但這沒什麼好奇怪，因為鳥獸並不像我們人類那樣生活啊！以動物的角度來看，牠們根據太陽的轉動過日子，所以太陽在天上轉一大圈，就是一年。

森林日曆開始於春天，每逢迎接太陽的日子，就是愉快的節日；每逢送別太陽的日子，代表愁悶的季節即將開始。

我們把森林的一年分成十二個月，每個月分都有自己的名字。

兔子

聽力極佳，耳朵還具有散熱功能；色盲，但夜視能力好；鬍鬚用來探察周遭環境及物體；善於挖掘和跑跳。

第一期

冬眠甦醒月——春季第一月

新年快樂【三月】

三月二十一日是春分。這天，白天和黑夜一樣長。也是這天，森林裡開始慶祝新年，因為春天就在眼前了。

太陽開始戰勝冬天，積雪變得鬆軟，遍地出現了許多小孔隙，而且雪色變得灰暗，已經不像冬天那麼潔白。嚴冬屈服了！只要看看雪的顏色，就知道冬天即將結束。

一根根小冰柱從屋簷上垂下來，亮晶晶的水珠一滴接一滴地順著冰柱往下流，漸漸積聚成水窪。街頭巷尾的麻雀興高采烈地在水窪裡撲騰，想洗去羽毛上積聚了一個冬天的汙垢；山雀銀鈴般的歡快歌聲在花園裡響起。

春天乘著陽光的翅膀降臨人間，並且制定了嚴格執行的工作。首先，春天解放大地：雪開始慢慢融化了，但是冰下的水還在沉睡，積雪下的森林也正睡得香甜。

三月二十一日清晨，人們按照古老的俄羅斯民俗，製作「百靈鳥」來吃。「百靈鳥」是一種小麵包，用麵粉捏成小鳥嘴，用兩粒葡萄乾點綴鳥眼睛。根據新習俗，我們在這天放生飛禽，而飛禽月就從這一天開始。孩子們特地把這天獻給長著翅膀的朋友們，在樹上架設成千上萬座「鳥房」：椋鳥房、山雀房和人造樹穴。孩子們用樹枝編成鳥巢，為可愛的小客人們開放免費食堂。他們還在學校和俱樂部召開報告會，專門講述鳥類大軍如何保護森林、田野、果園和菜田，講述應該如何愛護和吸引那些長著翅膀的快樂歌唱家們。

三月，母雞在家門口就可以盡情地喝水了。

發自森林的第一封電報

白嘴鴉揭開了春天的序幕。在冰雪融化的地方，出現成群結隊的白嘴鴉。白嘴鴉在南方過冬，牠們急匆匆地趕回北方的故鄉。一路上，牠們遭遇了無數次殘酷的暴風雪，上千隻白嘴鴉精疲力竭，死在了半路上。

最先飛回故鄉的是那些身強力壯的鳥。牠們在路上驕傲地昂首闊步，或用結實的嘴巴刨著泥土，最後才休息。

布滿天空、沉甸甸、黑壓壓的烏雲終於飄走了。大片白雲飄浮在蔚藍的天空上。第一批小野獸出生了。麋鹿長出了新犄角。黃雀、山雀和戴菊鶯在森林裡唱起了歌。我們在等待椋鳥和百靈鳥的到來。在樹根拱起的冷杉下，我們找到了熊窩。我們輪流守候在熊窩旁，只要熊一出來，就向大家通報。一道道融化的雪水悄悄在冰下匯聚。森林裡到處都可以聽見滴滴答答的水聲，樹上的雪也漸漸融化了。不過，夜晚的嚴寒重新把水結成了冰。

—— 發自本報記者 ——

雪裡的吃奶寶寶

兔媽媽生下了兔寶寶，這時田野上還覆蓋著積雪。

兔寶寶一出世就睜開了眼睛，身上穿著暖和的皮襖。牠們生下來就會跑，喝飽了奶就往四處跑，躲到灌木叢中和草叢下，靜靜地蹲在那兒，既不叫喚，也不淘氣。兔媽媽則早已跑得不知去向。

一連過去了一天、兩天、三天。

兔媽媽早就忘記了兔寶寶，在田野裡蹦蹦跳跳。但是兔寶寶們依舊蹲在那裡，牠們不敢亂跑；如果亂跑，就會被老鷹發現，或者被狐狸看見腳印。

瞧，終於有隻兔媽媽跳過來了。咦！這位不是牠們的媽媽，而是別人的媽媽，是一位兔阿姨。兔寶寶跑到牠跟前叫著：「餵餵我們吧！」

「行啊！吃吧！」兔阿姨把牠們餵飽後，又到其他地方去了。

兔寶寶又回到樹叢裡。而牠們的媽媽正在別處給別家的兔寶寶餵奶呢！

原來兔媽媽們定下了這麼一條規矩：所有的兔寶寶都是大家的孩子。不管兔媽媽在哪兒遇到兔寶寶，都要給牠們餵奶。不管兔寶寶是親生的，還是別人家的，都一視同仁。

你們以為兔寶寶沒有兔媽媽照顧，就會過得不幸福嗎？完全不是這麼回事。兔寶寶們穿著皮襖，身上暖洋洋的。兔媽媽們的乳汁香濃可口，兔寶寶吃上一頓，可以好幾天都不餓呢！

出生後第八、九天，兔寶寶就開始吃草了。

春天的計謀

在森林裡，凶猛的動物經常攻擊和善的動物，無論在哪裡看見小動物，牠們都會猛撲上去。

冬天，在潔白的雪地上，人們很難迅速發現雪兔和白山鶉。可是現在雪正在融化，好多地方已經露出了地面。狼、狐狸、鷂鷹和貓頭鷹，甚至像白鼬和銀鼠這樣的小型肉食動物，老遠就能看見牠們的白獸皮和白羽毛，在冰雪融化後的黑土地上一閃一閃的。

因此，雪兔和白山鶉就耍起計謀：牠們開始脫毛，改換成其他顏色。雪兔變得灰不溜丟的；白山鶉脫掉了許多白羽毛，長出帶有黑條紋的紅褐色羽毛。等到兔子和山鶉換裝之後，人們就不太容易發現牠們了。

有些攻擊型的食肉動物，也得換裝了。冬天，銀鼠渾身上下一身白；白鼬也一樣，只有尾巴末梢是黑色的。在雪地裡，牠們能夠悄悄爬到溫順的小動物跟前，因為牠們的毛皮和雪一樣白，不容易被發現。不過，現在牠們都換毛了，銀鼠渾身灰色；白鼬也是，只有尾巴末梢還是黑色的。即使如此，無論冬夏，皮毛上有個黑點都不會壞事，雪地上不也有黑點嗎？那是垃圾和小枯枝。而在地面和草地上，這種黑斑點就更多啦！

奇特的茸毛

沼澤地上的雪化開了，水在小草丘間蔓延。小草丘的下方，銀白色的小穗在光溜溜的綠莖上搖曳著。難道這是去年秋天來不及飛出去的種子嗎？難道它們在雪底下熬過了整個冬天嗎？真是令人難以置信，它們實在太乾淨、太新鮮了！

只要把小穗採下來，撥開茸毛看一看，謎團就解開了。原來這就是花呀！金黃色的雄蕊和細線般的柱頭，從絲綢般滑順的白茸毛中露出。

由於夜裡還很冷，所以茸毛是給花保溫的，羊鬍子草也是這樣開花的。

—— 發自尼娜．米哈依娜弗娜．芭芙洛娃 ——

發自森林的第二封電報

椋鳥和百靈鳥唱著歌，飛過來了。

我們迫不及待地盼望著熊從熊窩裡探出頭，可是一點動靜都沒有。我們猜想，也許熊在裡面凍死了吧？

突然，積雪顫動起來。可是，從雪底下爬出來的並不是熊，而是一隻從未見過的動物。牠灰白色的頭上有兩條黑斜紋，個頭和小豬差不多大。渾身毛茸茸的，肚皮黑不溜丟。

原來，這不是熊窩，而是獾洞。從現在起，獾不再睡懶覺，每天晚上到森林裡找蝸牛和甲蟲，啃植物根，抓野鼠。

我們再次尋找，終於找到了真正的熊窩！熊還在冬眠。

水漫升到冰面之上。

雪崩塌了；松雞在求偶；啄木鳥「篤篤」地啄樹。

飛來了會啄冰的小鳥白鶺鴒。

道路變得泥濘不堪，農莊的人們不再乘雪橇，他們駕起馬車。

—— 發自本報特派記者 ——

發自森林的第三封特快電報

我們在熊窩附近蹲點守候。

冷不防，有什麼東西從下面拱起了積雪，接著一個又大又黑的野獸腦袋露了出來。原來，一隻母熊鑽出了熊窩，兩隻小熊也緊跟著鑽了出來。

我們看見母熊張開嘴巴，悠然自得地打了個大哈欠，然後朝森林裡走去。小熊活蹦亂跳地跟在後面。我們看見母熊身體消瘦，毛髮蓬鬆。

冬眠了這麼長的時間，牠們變得飢不擇食。現在，牠們在森林裡來回亂竄，把樹根、去年的枯草和漿果通通塞進嘴裡，連小兔也不放過。

冬天的統治瓦解了。百靈鳥和椋鳥在歌唱。

大水沖毀了冰製的「天花板」，湧向自由的天地，奔向廣闊的田野。

田野裡像是發生了火災，雪在太陽底下燃燒。

快樂的綠色小草從積雪下探出頭來。

春的融雪泛溢時，第一批野鴨和大雁飛來了。

我們看見第一隻蜥蜴。牠鑽出樹皮，爬上樹墩晒太陽。

每天都發生新鮮事，我們甚至來不及記下來。

城市和鄉村之間的交通被水災阻斷，所以我們將用飛鳥傳信，在下一期的《森林報》上報導動物在水災時的受害情況。

—— 發自本報特派記者 ——

打獵：求偶飛行

春天，適合狩獵的時間很短。假如春天來得早，還可以早點去打獵。假如春天來得晚，只得延後打獵的活動了。

春天打獵，不准帶獵犬前往，只准打樹林裡和水面上的飛禽，而且只准打雄性飛禽，比如公雞和公鴨。

獵人白天離開城裡，傍晚已經到達森林。

這是一個灰濛濛、沒有風的黃昏，下著毛毛細雨，天氣暖和，正適合鳥類求偶飛行。

獵人選好一塊林中空地，站到一棵冷杉旁。周圍的樹不高，都是些赤楊、白樺和冷杉。離太陽下山還有十五分鐘，還有時間可以抽根煙，待會兒可就沒時間抽了。

獵人側耳傾聽森林裡各種鳥兒的鳴唱：鶇鳥在冷杉樹梢上啼囀，紅胸脯的知更鳥在密林裡唧唧叫個不停。

太陽下山了，鳥兒們一個接一個地停止了歌唱。最後，連愛唱歌的鶇鳥和知更鳥也默不作聲了。

現在得盯緊點，豎起耳朵聽！突然，森林上空傳來一陣輕輕的叫聲：「吱咯喀！吱咯喀！呼呃——呃——呃！」

獵人打了個哆嗦，把獵槍往肩上靠了靠，站住不動了。這聲音是從哪兒傳來的呢？

「吱咯喀！吱咯喀！呼呃——呃——呃！」

「吱咯喀！吱咯喀！」

呵，有兩隻丘鷸呢！

兩隻長嘴丘鷸，正在空中撲打著翅膀，急速飛過森林上空。牠們一隻跟著另一隻飛，並不是在打架。看得出來，雌鷸飛在前面，雄鷸跟在後面。

砰！後面那隻丘鷸，像車輪似的在空中旋轉，慢慢掉進灌木叢裡。

獵人如離弦之箭朝牠奔去。要是受傷的鳥逃走，躲到灌木叢裡，那就很難找到了。

丘鷸羽毛的顏色一如枯萎的落葉。就是牠！正掛在灌木叢上呢！

遠處的某個地方，又響起了另外一隻丘鷸的叫聲。

太遠了，霰彈槍打不到。獵人又站到一棵冷杉後面。他繃緊全身，仔細傾聽。森林裡寂靜無聲。

突然間，又傳來了叫聲：「吱咯喀！吱咯喀！呼呃——呃——呃！」

在那兒，在那兒，太遠了……

把牠引過來吧？或許可以引過來？

在黃昏的暮色中，雄丘鷸機警地四處張望，牠在尋找雌丘鷸。

獵人摘下帽子，朝空中一拋。

雄丘鷸看見一個黑乎乎的東西從地面一躍而起，又掉了下去。

是雌丘鷸嗎？雄丘鷸轉了個彎，徑直朝獵人飛來。

砰！這隻丘鷸也一個倒栽蔥，摔了下來，重重地撞到地面，當場斃命。

天色漸漸變黑，丘鷸的叫聲此起彼落，一會兒在這邊，一會兒在那邊，獵人不知道該往哪邊轉身才好。

獵人激動得雙手發抖。

砰！砰！沒打中。

砰！砰！又沒打中。

還是別開槍了，放過一、兩隻丘鷸吧。需要定定神。

好了，手不抖了。現在可以開火了。

在幽暗的森林深處，一隻貓頭鷹聲音嘶啞地怪叫一聲。一隻睡眼矇矓的鶫鳥嚇醒，驚惶失措地尖叫起來。

天黑了，很快就不能開槍了。

終於，又傳來了叫聲：「吱咯喀！吱咯喀！」

在另外一邊也響起了：「吱咯喀！吱咯喀！」

兩隻飛行的丘鷸恰好在獵人的頭頂上方碰頭，立刻互打起來。

「砰！砰！」獵人這次是用雙筒槍，兩隻丘鷸都掉了下來。一隻蜷縮成一團，另一隻轉啊轉，正好落到獵人腳旁。

好，該走啦。趁著還看得見小路的天色，要趕到鳥兒求偶鳴叫的地方去。

【打靶場】問答遊戲一

①哪一種顏色的雪表示雪快融化了：潔白的雪還是骯髒的雪？

②依照〈春天的計謀〉的報導，春天時，森林裡哪種鳥的羽毛會明顯變色？

③什麼時候最難發現雪兔呢？

解答：98頁

第二期
候鳥返鄉月——春季第二月

太陽史詩【四月】

四月，請把雪點燃！

四月還在沉睡，春風卻已輕拂，預示著天氣將變暖和。這個月，水從山上潺潺流下，魚兒活蹦亂跳。春天解放了積雪之下的大地之後，便緊鑼密鼓地進行第二項職責：解放冰層之下的流水。由雪水匯聚成的小溪，悄悄流入小河，河水上漲，掙脫了冰的束縛。融化的雪水奔流，肆意地在谷地上氾濫開來。

大地飽飲了雪水和溫暖雨水，穿上綴著嬌美雪花蓮的綠色外套，繽紛絢爛。森林卻依舊光禿禿地杵在那裡，等待春天的眷顧。不過，樹汁已開始蠢蠢欲動，滋潤了幼芽，地上和枝頭上的花兒都開了。

昆蟲的節日

黃花柳樹開花了。它那枝節粗大的灰綠色枝條，完全被小巧的鮮黃色小球遮住了，所以柳樹渾身變得毛茸茸，輕盈飄揚，一副喜氣洋洋的模樣。

黃花柳樹開花了，這可是昆蟲們的節日！漂亮的樹叢周圍，歡快熱鬧。熊蜂嗡嗡地飛著；糊塗的蒼蠅漫無目標地瞎忙；勤勞的蜜蜂彈撥一根根纖細的雄蕊，採集花粉。

蝴蝶飛來飛去。瞧，翅膀有如雕花綴飾的黃蝴蝶，叫檸檬蝶；眼睛大大的棕紅色蝴蝶，叫蕁麻蛺蝶。看，一隻長吻蛺蝶落在毛茸茸的小黃球上，牠的黑色翅膀遮住小黃球，把長嘴巴深深地插到雄蕊之間汲取花蜜。

還有一棵樹長在這片歡快的樹叢旁，它也是柳樹，也開著花。但是，這棵柳樹的花卻一點也不美麗，相貌醜陋，長著亂蓬蓬的灰綠色雌花。昆蟲也棲息在雌花上面，可是這棵樹周圍不像旁邊的樹叢那麼熱鬧。原來昆蟲已經把黏糊糊的花粉，從小黃球搬到灰綠色雌花上來了。每一株小瓶子似的細長雌蕊裡，將很快結出種子來。

—— 發自尼娜·米哈依娜弗娜·芭芙洛娃 ——

兔子上樹

有隻兔子遇到這麼一件事：冬天時，牠住在一條大河當中的小島上。每天夜裡，牠出來吃小白楊樹的樹皮；白天則躲在灌木叢裡，以免被狐狸或獵人發現。這隻兔子還小，也不太聰明。牠壓根沒有注意到，河中小島周圍的冰塊正在劈里啪啦裂開。

那天，兔子安逸地躺在灌木叢下酣睡。太陽晒得牠暖洋洋，一點也沒發覺河水在迅速上漲，直到身下的毛浸濕，這才驚醒過來。牠一躍而起，周圍卻已是一片汪洋。開始淹大水了。現在，河水剛漫過兔子的腳背，牠慌忙地逃往小島中央，那裡還是乾燥的。

可是河水上漲得很快，小島的面積越來越小，兔子急得來回亂竄。牠發現整座小島很快就要淹沒在水中了，可是牠又不敢跳進湍急冰冷的河水裡，更不可能橫渡這條洶湧澎湃的大河。

就這樣，整整一天一夜過去了。

第二天早晨，小島只剩下一小塊地方露出水面，一棵粗壯而多節的大樹長在上面。嚇得魂不附體的兔子，繞著樹幹亂竄。

第三天，河水已經漲到樹下了。兔子開始往樹上跳，可是每次都失敗。終於，兔子躍上了離地面最近的粗樹枝。牠湊合著坐在上面，耐心地等待洪水退去。現在河水已經不再上漲了。

兔子並不擔心會餓死，因為老樹皮雖然又硬又苦，但還是可以果腹。反而風是最可怕的，它猛烈地搖晃著大樹，兔子幾乎抓不住樹枝。

牠彷彿是一個趴在輪船桅杆上的水手，腳下的樹枝，好比船隻的龍骨在左右搖晃，下面奔淌著幽深冰涼的河水。

大樹、木頭、樹枝、麥秸和動物屍體順著寬闊的河流，漂過兔子的腳下。當牠看到另一隻兔子隨著波浪載浮載沉，緩緩地漂過牠身旁時，這隻可憐的兔子嚇得渾身發抖。那隻死兔子的腳勾到了一根枯樹枝，牠肚皮朝天，四肢僵直，跟樹枝一起漂流。

兔子在樹上待了三天。大水終於退去，兔子跳下樹枝。

不過，牠暫時只能繼續留在河流中間的小島，要一直等到炎熱的夏天，河水變得更淺，牠才能夠回到岸上去。

打獵：到馬爾基佐夫湖獵鴨

春天，市場上銷售著各種各樣的野鴨。而這時在馬爾基佐夫湖裡，野鴨的品種更豐富。

位於涅瓦河口和王冠城所在的科特林島之間那一部分芬蘭灣，自古以來就稱作馬爾基佐夫湖。那是列寧格勒的獵人們最喜愛的獵場。

請到斯摩棱河邊走一走。你會看到有一些奇形怪狀的小船，停在斯摩棱墓場附近，有白色的，也有跟河水一樣顏色的。這些船都不大，但是特別寬，船底完全是平的，船頭船尾往上翹。這些就是打獵用的獨木舟。如果你夠幸運，傍晚時還能碰上一位獵人。他會把獨木舟推進河裡，把槍和其他東西放到船上，然後用一枝可當船舵控制方向的槳划起來，順流而下。大約二十分鐘後，獵人就到了馬爾基佐夫湖。

涅瓦河上的冰早已融化，可是芬蘭灣裡還有一些殘餘浮冰。獨木舟乘著灰色波浪，飛快地航向流冰。最後，獵人划到殘冰旁邊，身體倚向這塊冰，並伸腳踏了上去。他拿出白長袍，披在皮襖外面，又從獨木舟上拎出一隻用來作為誘餌的雌野鴨。他先用繩子綁住野鴨，把牠放到水裡，然後把繩子另一頭拴到浮冰上。雌野鴨立刻叫喚起來。

獵人坐上獨木舟，離開了。

用不著很長時間，瞧，一隻野鴨從遠處的水面飛起。這是一隻雄野鴨。牠聽見雌野鴨的叫喚，就朝牠飛過來了。可是還沒來得及飛近，只聽到「砰」的一聲槍響，接著又是一聲，雄野鴨就掉到水裡了。

雌野鴨像完全清楚自己的任務，不停地叫啊、叫啊，彷彿被收買了似的。聽到牠的叫喚聲，許多雄野鴨從四面八方朝牠飛來。

牠們只看見雌野鴨，卻沒有發現在雪白的流冰旁邊，停著一艘白色的獨木舟，獨木舟裡還坐著一個身穿白長袍的獵人。

獵人開了一槍又一槍，各式各樣的雄野鴨都紛紛落入他的獨木舟裡。

一群群野鴨紛紛沿著海上的長途飛行航線，從獵人頭頂飛過。

太陽沉進了海裡，連城市的輪廓都看不清時，只見城裡的方向亮起了燈光。

天黑了，不能再開槍了。

獵人把雌野鴨拉回獨木舟，把船錨牢牢地固定在冰塊上面，盡可能使獨木舟靠近浮冰，免得被波浪沖毀。接下來得考慮一下過夜的事了。

起風了。天空布滿烏雲，黑沉沉的，什麼也看不見。

【打靶場】問答遊戲二

①黃花柳樹的雌花是什麼顏色的？它們所生長的樹有什麼特徵呢？

②依照〈兔子上樹〉的報導，兔子為什麼會被困在大河之中的小島上？

③獵人為何用繩子拴住雌野鴨，把牠放到水裡呢？

解答：98頁

夜鶯

少數具有夜行習性的鳥類。毛色灰褐，具有保護色的作用；夜鶯的歌聲嘹亮清脆，音域極廣，常會在夜間鳴唱。

第三期
歌唱舞蹈月——春季第三月

太陽史詩【五月】

五月到了！唱吧！玩吧！跳舞吧！現在，春天才認真起來，開始執行第三件任務：給森林穿上新裝。

森林裡最歡快的月分——歌唱舞蹈月，要開始了！

這時，太陽的光和熱，獲得了完全的勝利，它戰勝了冬季的黑暗與寒冷。晚霞向朝霞伸出了手，北方出現了夏日特有的永晝。

生命奪回大地和水源之後，挺直了腰板。高大的樹木穿上由新葉綴成的綠衣裳，炫目神氣。無數長著翅膀的昆蟲飛到空中；黃昏時，擅長熬夜的蚊母鳥和身手敏捷的蝙蝠，就飛出來捕食牠們。

白天，家燕和雨燕在空中翱翔；鷗和鷹在農田和森林上空盤旋；紅隼和百靈鳥在田野的上空拍動著翅膀，彷彿雲上有根線牽引著牠們。

沒有上鎖的蜂窩門戶洞開，長著金翅膀的勤勞蜜蜂是這裡的住戶，牠們傾巢而出。大家都在唱歌、跳舞、玩耍，琴雞在地上，野鴨在水裡，啄木鳥在樹上，鷸在森林的上空，四處一片歡樂。

現在，正如詩人描繪的那樣：「在俄羅斯大地，森林鳥獸一片喜氣洋洋。肺草從去年的枯葉下冒出頭來，在樹林裡閃著藍光。」

為什麼我們的五月被稱為「哎喲月」？

因為五月時，天氣乍暖還寒。白天豔陽高照，夜裡「哎喲！」可別提有多冰冷啊！在五月，有時候樹蔭底下就是涼爽的天堂，有時候卻冷得需要給馬匹鋪上草，人類則要爬上熱炕，才能抵禦夜裡的「哎喲！」。

森林樂隊

夜鶯在這個月裡唱起歌來，不分白天黑夜，一直啼囀。孩子們很驚訝，牠們到底什麼時候睡覺啊？

原來，春天時，鳥兒們沒時間睡大頭覺，牠們只睡一會兒，起床唱一首歌，打個盹兒，醒來再唱第二首；半夜裡小睡一下，中午再打個小盹。

每逢清晨和黃昏，不單是鳥類，森林裡所有的動物都在吹、拉、彈、唱，各顯神通。在森林裡能聽到清亮的獨唱、小提琴獨奏、打鼓聲和吹笛聲，各種吱吱聲、嗡嗡聲、呱呱聲和咕嘟聲。

燕雀、夜鶯和擅長唱歌的鶇鳥，用乾淨的聲音歌唱；啄木鳥打著鼓，黃鳥和小巧玲瓏的白眉鶇吹著笛子；甲蟲和蚱蜢拉著小提琴。狐狸和白山鶉吠啼、母鹿呦叫、狼嗥嘯、貓頭鷹哼唧、熊蜂和蜜蜂嗡鳴。青蛙先是咕嚕咕嚕吵一陣，然後又呱呱地叫。誰也不會感到難為情，即使沒有好嗓子也無妨，動物們都按照各自的喜好選擇樂器。

啄木鳥尋找到音色清脆的枯樹幹，這就是牠們的鼓。牠們無比結實的鳥喙，便是最適合打擊的鼓槌。天牛嘎吱嘎吱轉動堅硬的脖子，難道不像小提琴的樂音嗎？

蚱蜢的足部長著小鉤子，翅膀上有鋸齒，於是牠便用足部摩擦翅膀，發出「喀嚓喀嚓」的聲響。火紅色的麻鷺把長嘴伸到水裡，用力一吹，水就咕嚕咕嚕作響，整座湖水響起一陣騷動，彷彿牛群哞哞叫。

沙錐更是別出心裁，牠竟然用尾巴唱歌。只見牠一躍而起，衝入雲霄，然後張開尾巴，轉身頭朝下俯衝下來。牠的尾巴兜著勁風，在森林上空發出羔羊般的咩咩叫聲。

森林樂隊就是這樣組成的。

從非洲走來的長腳秧雞

從非洲走來了長著翅膀的動物：長腳秧雞。

長腳秧雞起飛很笨拙，而且飛得也不快。鷂鷹和遊隼能夠輕易在飛行途中捉住秧雞。不過，長腳秧雞跑得飛快，而且擅長躲藏在草叢裡。

因此，牠們寧願步行穿越整個歐洲，悄無聲息地行進在草叢和灌木叢中。只有在萬不得已的時候，牠們才會張開翅膀飛，而且只在夜間飛行。

現在，長腳秧雞在我們這的莽原裡，整天叫喚著：「咯哩咯——咯哩咯！咯哩咯——咯哩咯！」

你可以聽見牠們的叫喚，但是，假如你想把牠們趕出草叢，仔細看看牠們的模樣，那可辦不到。

不信你就試試看吧！

海底來客

各式各樣的魚群從大海和大洋，洄游到江河裡產卵，然後小魚又從河裡游向海洋。只有一種魚，把卵產在海洋的深處，然後從深海游到河裡來生活。牠們的出生地在大西洋的馬尾藻海。

這種不同尋常的魚，就叫「扁扁魚」。

你沒聽說過這樣的魚吧？這也不奇怪，因為只有當牠們還很小、還住在海洋裡的時候，才用這個乳名稱呼。

那時候，牠們身軀通體透明，連肚子裡的腸子都能看得清清楚楚。兩側扁扁的，像片樹葉。等牠們長大，卻變得像條蛇一樣細長。

這時，人們才想起牠真正的名字叫做「鰻魚」。

扁扁魚先在馬尾藻海裡生活三年。到了第四年，牠們變成了小鰻魚，不過身體還是像玻璃般透明。

現在，玻璃般的透明鰻魚，正成群結隊地湧進涅瓦河。牠們從神祕的故鄉大西洋深海游到這裡，路途遙遠，至少要經過兩千五百公里！

蝙蝠的回聲探測器

夏天的夜晚，一隻蝙蝠從敞開的窗戶飛了進來。

「把牠趕走！快把牠趕走！」女孩們大叫著，趕緊用圍巾裹住自己的頭。

一位禿頭老爺爺嘟噥道：「牠是衝著窗戶裡的亮光飛來的，幹嘛要鑽到你們的頭髮裡去啊！」

直到不久前，科學家們還不明白，為什麼蝙蝠在漆黑的夜間飛行，從來不會迷路。人們曾經蒙住牠們的眼睛，塞住牠們的鼻子。可是，蝙蝠還是能躲避空中的一切障礙物，連拴在屋裡的細線都能躲開，靈活地避開天羅地網。

隨著回聲探測器的發明，揭曉了謎底。現在，科學家們證實，所有的蝙蝠，飛行時都用嘴巴發出超聲波，那是人類耳朵聽不見的、非常尖細的叫聲。無論超聲波碰到什麼障礙物，都會反射回來。

蝙蝠靈敏的耳朵可以接收這些信號：「前方有牆！」、「有線！」或者「有蚊子！」

只有婦女茂密細長的頭髮，無法很準確地反射超聲波。

禿頭老爺爺當然沒什麼危險，但女孩們的濃密長髮，卻真的會被蝙蝠當成「窗戶裡的亮光」，很可能會衝著其中一簇亮光，猛撲過來。

也難怪女孩們遇到誤闖的蝙蝠，反應會如此激烈。

【打靶場】問答遊戲三

①蚱蜢靠什麼發出「喀嚓喀嚓」聲？

②沙錐用身體的什麼部位，發出羔羊般「咩咩」的叫聲？

③哪一種鳥從非洲來到北方，其中一段路是用走的？

解答：98頁

刺魚

體型細長，在背鰭前方有一排硬刺。春末夏初爲刺魚的生殖季節，雄魚會開始築巢，並誘使雌魚在巢內產卵，雄魚則會負責守衛和供氧，直至孵化。

第四期
鳥兒築巢月——夏季第一月

太陽史詩【六月】

六月時，薔薇花開了，候鳥搬完了家，夏天開始了。

現在白晝最長。在遙遠的北方，夜晚完全消失了，太陽一天二十四小時都掛在天上。潮濕的草地上，花兒開得越來越燦爛，就像陽光一樣，金鳳花、立金花、毛茛等植物把草地染成一片金黃。

這時，人們在太陽初升的黎明時分，採集可治療疾病的花朵、花莖和草根，以備將來生病時，把貯存在花草裡的太陽生命力，傳遞到病人的身上。

夏至，一年之中最長的一天過去了。從這天起，白晝開始慢慢地縮短，速度雖然跟春天日照增加的速度一樣慢，不過人們卻覺得很快。

所有的鳴禽都有了自己的巢，牠們在巢裡下了蛋，各種顏色應有盡有。脆弱的小生命穿破薄薄的蛋殼，露出來了。

有生命的雲

六月十一日，很多人在列寧格勒市的涅瓦河畔散步。烈日炎炎，天空中一縷雲絲也沒有。房子和街上的柏油路，被太陽烤得滾燙，人們熱得連呼吸都喘不過來。孩子們正在屋外玩耍。

突然，在寬寬的河流那邊，飄起了一大朵灰色的雲。大家都停住腳步，望著它。這朵雲飛得很低，幾乎貼著水面在飄。人們看著它越變越大。

終於，這朵大雲帶著沙沙的喧鬧聲，把散步的人們團團圍住。這時大家才明白，它不是雲，而是一大群蜻蜓。

一瞬間，周圍的一切發生了神奇的變化。因為有這麼多小翅膀在拍動，空氣中掠過了一陣涼爽的微風。孩子們也不再頑皮，他們歡天喜地，望著陽光穿透宛如多彩雲母似的蜻蜓翅膀，空中閃著美麗的七彩光芒。人們的臉色一下子變得色彩斑斕，無數小彩虹、日影和小星星在他們的臉上跳躍。這朵有生命的雲沙沙作響，掠過河岸上空，後來升得越來越高，飛到房屋後面就消失無蹤。

這是一群剛出生的小蜻蜓，牠們相互友好，成群結隊地去尋找新住所。人們始終不知道，牠們是從哪裡孵化，又要飛到哪裡棲息。通常，在各處都能見到成群結隊的蜻蜓。要是你看見了牠們，不妨留意一下小蜻蜓從哪裡飛來，又將飛到哪裡。

各居其所

孵蛋的季節到了。森林中的居民紛紛幫自己蓋了房子。

我們的記者決定去觀察那些飛禽走獸、魚和昆蟲都住在什麼地方？牠們過得怎麼樣？

現在整個樹林裡，從上到下都有居民棲住，不論哪裡都住滿了：地上、地下、水上、水下、樹枝上、樹幹中、草叢裡、半空中，全住滿了。

黃鸝把房子蓋在半空中。牠先用繩麻、草莖和毛髮，編成一間小籃子形狀的輕巧房子，再把它高高地掛在白樺樹枝上。小籃子裡放著黃鸝的蛋。你說怪不怪，風吹動樹枝的時候，蛋竟不會掉下樹。

百靈鳥、林鷚、鵐鳥和許多其他鳥類，都把房子搭在草叢裡。記者最喜歡籬鶯的巢，它是用乾草和乾苔搭成的，帶有棚頂，門開在側面。

飛鼠（松鼠的一種，前、後肢間有層薄膜相連接）、木蠹蛾、小蠹蟲、啄木鳥、山雀、椋鳥、貓頭鷹和許多其他的鳥類，則把房子蓋在樹洞裡。

鸊鷉是一種潛水鳥。牠們用沼澤地裡的草、蘆葦和水藻搭建成的巢，能夠浮在水上。住在這個浮動的窠裡，彷彿乘著木筏似的，在湖面上漂來漂去。

河榧子和銀色水黽把小房子建在水底下。

記者想找到一處最優秀的住所，不過，要挑選出來可沒那麼容易呢！

鵰的巢窩是以粗樹枝搭成的，面積最大，擱在粗大的松樹上。

戴菊鳥的巢最小，只有一個小拳頭的大小，因為牠的身體比蜻蜓還小。

田鼠的家設計得最巧妙，有前門、後門，還有許多安全門。無論你費多大力氣，也別想在機關滿滿的家裡捉到牠。

捲葉象鼻蟲的房子最為精美。捲葉象鼻蟲是一種長吻甲蟲。牠咬掉白樺樹葉的葉脈，等到葉子枯萎的時候，就把葉子捲成圓柱形，再用唾液黏牢。雌性捲葉象鼻蟲就在圓柱形的小房子裡孕育後代。

繫著領帶的勾嘴鷸和夜鶯的家最簡陋。勾嘴鷸直接把四顆蛋產在小河邊的沙灘上。夜鶯則把蛋下在小坑裡或樹下的枯葉堆裡，牠們不習慣花很多力氣蓋房子。

仿聲鳥的小屋子最漂亮，牠把巢窩搭在白樺樹枝上，用苔蘚和薄薄的樺樹皮來裝飾；牠也會去人們的別墅，撿拾他們丟棄在花園裡的彩色紙片，編織在鳥巢上當作裝飾。

長尾山雀的小巢最舒適。由於牠們的身材就像一枝盛湯用的長柄勺，因此長尾山雀又被稱作「湯勺」。巢窩內側以絨毛、羽毛和獸毛編成，外層則用苔蘚黏牢。整個鳥巢為圓形，像顆小南瓜，還有個小圓門，開在鳥巢正中央。

河榧子幼蟲的小房子最是輕巧。河榧子是長著翅膀的昆蟲。當牠們停止不動的時候，便收攏翅膀，嵌在背上，剛好能遮蔽全身。河榧子的幼蟲還沒長出翅膀，全身赤裸，沒有東西可以遮擋身體。牠們住在小河和小溪底。

河榧子的幼蟲先找到跟自己的脊背長度差不多的細樹枝或蘆葦，接著把沙泥做成的小圓筒糊在細枝上，然後倒著爬進去。

這個房子真的很方便，河榧子的幼蟲可以全身躲進小圓筒裡，在裡面安心地睡上一覺，誰也看不見牠；或者，牠們可以伸出前腳，背著小房子，在河底爬行一陣子，這間小房子非常輕盈。

有一隻河榧子的幼蟲，找到一根掉在河底的菸蒂，便鑽了進去，就這樣帶著菸屁股四處旅行。

銀色水黽的房子最不同尋常，牠們先是在水底的水草間鋪一張網，然後浮到水面，用毛茸茸的肚皮盛回一些氣泡，並小心地放到網下。水黽就住在這種空氣流通的水下小房子裡。

狐狸迫使老獾離家

狐狸家遇到了禍事！洞裡的天花板塌了，小狐狸差點被壓死。

狐狸這才感到事情不妙，得搬家了。

狐狸來到老獾家。獾挖了一個傑出的洞穴，東邊和西邊各一個出入口，洞穴裡還遍布許多小型地道，當敵人出其不意進攻時，就能派上用場。

獾的洞穴很大，可以容納兩家人。

狐狸懇求獾分一些地方給牠們住，獾堅定地拒絕了。

因為獾是個嚴厲的主人，愛乾淨、愛整齊，容不得一點兒髒。牠怎麼會讓狐狸帶著孩子住進來呢！

狐狸被獾趕了出來。

「好哇！」狐狸想，「既然你這麼不講情面，那就等著瞧吧！」

狐狸假裝走到了樹林裡，其實是躲在灌木叢後，等待機會呢！

獾從洞裡探出頭來瞧了瞧，看到狐狸走了，這才從洞裡爬出來，到樹林裡找蝸牛吃。

狐狸溜進獾的洞穴裡，在地上便溺，把屋裡弄得骯髒不堪，然後跑了。

獾回家一看，氣得抱怨：「可惡的傢伙！臭氣沖天！」接著就離開這裡，到其他地方重新挖個洞穴。

這正中狐狸下懷。牠趕緊把小狐狸都叼過來，大大方方接收了獾的舊家。

來無影去無蹤的「夜間強盜」

森林裡出現了來無影去無蹤的夜間強盜，林中居民個個驚恐不安。

每天夜裡，總會失蹤幾隻小兔子。

小鹿、琴雞、松雞、榛雞、兔子和松鼠，一到夜裡就覺得危機四伏。無論是灌木叢中的鳥、樹上的松鼠，還是地上的老鼠，都不知道強盜會從哪兒發動攻擊。

神出鬼沒的惡徒，一會兒從草叢裡，一會兒從灌木叢，一會兒又從樹上冒出來。也許，嫌犯還不止一個，而是整整一支強盜大軍呢！

幾天前的一個夜晚，獐鹿全家（一隻雄獐鹿、一隻雌獐鹿和兩隻小獐鹿）在林中空地上吃草。雄獐鹿站在距離灌木叢八步的地方警戒，雌獐鹿則帶著小獐鹿在空地上吃草。

冷不防，一個黑影從灌木叢裡竄出來，跳到雄獐鹿的背上。雄獐鹿倒了下去。雌獐鹿帶著小獐鹿飛快逃進森林裡。

第二天早晨，雌獐鹿回到空地，只見雄獐鹿剩下的兩隻犄角、四個獸蹄。

昨天夜裡，麋鹿也受到惡徒攻擊。當牠穿過茂密的森林時，看見一個奇形怪狀的大木瘤，長在一根樹幹上。

麋鹿在森林裡也算是條好漢，牠還需要怕誰嗎？麋鹿一對犄角碩大無比，連熊都不敢隨意侵犯牠。

麋鹿走到那棵樹下，正想抬起頭仔細看看，樹上的木瘤究竟長什麼樣子？突然，一個沉重的東西猛然壓在牠的脖子上。出其不意的襲擊，把麋鹿的魂魄都給嚇跑了。牠晃了晃腦袋，把強盜從背上甩了下去，然後頭也不回地拔腿就跑。因此，牠也沒看清楚究竟是誰偷襲牠。

這片樹林裡沒有狼，況且，狼也不會爬上樹。而熊現在正懶洋洋地躲在密林裡呢！再說，熊也不會從樹上撲到麋鹿的脖子上去。那麼，這個神祕的強盜究竟是誰呢？

真相暫時還沒有大白。

為父則強的「刺魚」

雄刺魚布置好牠的家之後，便給自己娶了位刺魚老婆帶回家。刺魚夫人從這邊的門進去，產下孩子後，就從另一邊的門游走了。

不久後雄刺魚又找了第二位夫人，接著又找了第三位、第四位，可是這些刺魚夫人全都跑走了，只留下牠們產下的孩子，讓雄刺魚照料。

家裡有好多魚寶寶，雄刺魚只得獨自留下來看家。

河裡的許多傢伙都愛吃新鮮魚子。可憐的雄刺魚個子雖小，仍得保護孩子們，不讓凶惡的水底怪物得逞。

不久前，饞嘴的鱸魚闖進牠的家。小個子主人勇猛地撲上去，跟邪惡怪物搏鬥一番。

雄刺魚把身上的五根刺（背上三根，肚子上兩根）全都豎了起來，瞄準鱸魚的鰓部，巧妙地刺進去。

原來呀！鱸魚全身都披著魚鱗，有如厚實的鎧甲，只有鰓部沒有防護。鱸魚被勇敢的雄刺魚嚇了一跳，趕緊溜之大吉。

誰是凶手？

今天夜裡，樹上的松鼠慘遭謀殺。

我們查看了凶案現場，根據凶手在樹幹上和樹底下留下的腳印，我們知道了這個神祕的強盜是誰。

前不久就是牠害死獐鹿，鬧得整座樹林惴惴不安。

我們根據現場留下的腳印判斷，凶手就是北方森林裡的「豹王」，也就是凶殘的「林中大貓」——猞猁。

小猞猁長大了，現在猞猁媽媽帶著牠們，在林子裡四處閒逛，在樹上爬來爬去。夜裡，牠們的視力就跟白天一樣明亮。睡覺以前沒有躲藏好的動物們，可就要倒大楣了！

天上的大象

空中飄來一片黑沉沉的烏雲，像一頭大象似的。牠不時把長鼻子甩向地面。大象鼻子一碰到地面，大地旋即塵土飛揚。塵土和天上的大象鼻子連在一起，像根繩子似的不斷旋轉，越轉越粗，終於變成了一根轉個不停、頂天立地的巨大柱子。大象把柱子抱在懷裡，繼續往前方奔去。

天上的大象跑到一座小城的上空，就停止不動了。

忽然，大象流下巨大的雨滴。大雨如注，是真正的傾盆大雨！屋頂和人們撐在頭上的傘，響起了「嘩啦嘩啦」的聲音。

你猜猜，除了雨點之外，還有什麼東西敲得它們轟隆作響？竟然是蝌蚪、蛤蟆和小魚！

後來人們才明白這片大象般的烏雲，是借助龍捲風（從地下一直捲到天上的旋風）的幫忙，先在一座森林中的小湖喝飽了水，帶著水裡的蝌蚪、蛤蟆和小魚，一起在天上飛馳一段距離，然後，把這些水中小動物們通通丟在小城裡，又繼續向前飛奔。

亂哄哄的水中餐廳

在「五一集體農莊」的池塘裡，豎著幾根木棍，上面都掛著寫有「魚餐廳」的招牌。

每天早晨，招牌周圍的水域一片沸騰，魚兒們焦急地等著吃早餐。魚群沒什麼紀律可言，牠們你碰我、我撞你，亂成一團。

七點鐘的時候，農莊食堂的人乘著小船，來給水下餐廳送飯，餐點有馬鈴薯、雜草種子揉成的團子、晒乾的小金蟲和其他美味佳餚。

這時，餐廳裡的魚可多了，每個餐廳裡至少有四百條魚在吃早餐。

少年自然科學家的觀察報導

我們的集體農莊位於一片小橡樹林旁。以前不太有布穀鳥飛進這片樹林，頂多叫個一、兩聲「咕咕」，就跟我們說再見了。可是今年夏天，我卻經常聽到布穀鳥在叫。

這天，集體農莊的牛群被趕到那片樹林裡去吃草。中午時，一個牧童跑過來大叫道：「牛群發瘋了！」

大家趕緊往樹林裡跑。不得了！這裡的景象好可怕！牛兒們亂跑亂叫，用尾巴抽打自己的背部，閉著眼睛往樹幹亂撞，真擔心牠們會把自己的頭撞碎，或者把我們踩在地上！大家連忙把牛群趕到別處去。

這到底是怎麼一回事呢？

原來是毛毛蟲闖的禍。一條條咖啡色的大毛蟲真像一群小野獸，牠們密密麻麻地黏在所有橡樹上。有些樹枝被啃得光禿禿的，樹葉也被牠們吃光了。

毛毛蟲身上的毛脫落下來，隨風四處飄散，吹進了牛的眼睛裡，刺得牠們亂跑亂撞地直喊痛。

請猜猜看最後發生了什麼事？

橡樹竟然都挺過來了。還不到一星期，鳥兒就吃光了所有的毛毛蟲。鳥兒真了不起，是不是？不然我們這片小樹林可就遭殃啦！

這裡的鳥兒可真多。我這輩子從未見過這麼多的布穀鳥聚在一起；除了布穀鳥，還有美麗的金色黑條紋黃鸝，以及櫻桃紅色翅膀綴有淡藍色條紋的松鴉，都從周圍飛到這片橡樹林。

── 發自尤拉 ──

【打靶場】問答遊戲四

①一年之中，哪一天的白天最長呢？

②銀色水黽如何在水中蓋房子呢？

③狐狸如何逼迫老獾離家，並住進牠的房子？

解答： 99頁

布穀鳥

又稱杜鵑。身體細長，腿部強壯，喜愛吃昆蟲，能補食許多的害蟲。有些布穀鳥不愛築巢，喜歡將卵產在其他鳥類的巢穴中，讓其他鳥類哺育後代。

第五期
雛鳥誕生月——夏季第二月

太陽史詩【七月】

七月是夏季的鼎盛時期。它不知疲倦地整頓世界，命令稞麥深深鞠躬，把頭垂到地面。燕麥已套上了長袍，蕎麥卻連襯衫都還沒穿上。

綠色的植物利用陽光鍛鍊身體。成熟的稞麥和小麥像一片金色海洋。我們把麥子貯存起來，作為下一年的糧食。我們收割了一片片青草地，堆成一座座乾草堆，為牲口貯藏乾草。

鳥兒變得沉默不語，牠們現在沒時間唱歌了。所有的鳥巢裡都有了幼鳥。幼鳥剛出生的時候，身上光禿禿的，沒有毛，眼睛也看不見，需要父母照料一段時間。現在，地上、水中、林子裡，甚至空中，都遍布著幼鳥的食物，足夠讓大家都吃飽。

森林裡有許多鮮美多汁的小果實，像是草莓、黑莓、覆盆子和醋栗。在北方，有金黃色的木莓；在南方果園裡，有櫻桃、草莓和甜櫻桃。草地脫下金色的外套，換上了甘菊的花衣裳，白色花瓣反射著炙熱的太陽光。現在可不能跟生命的創造者——太陽——開玩笑，「光明之神」的撫觸會把你灼傷。

愛操心的母親

麋鹿媽媽和所有的鳥媽媽，都是非常愛操心的母親。

麋鹿媽媽為了牠的獨生子，隨時準備犧牲自己的生命。大熊如果想攻擊小麋鹿，麋鹿媽媽會抬起前腳、後腳回擊。

這一頓蹄子讓熊大爺印象頗深，如此一來，牠再也不敢打小麋鹿的主意了。

《森林報》的記者在田野裡碰到一隻小山鶉，牠從他們腳邊跳出來。

記者們捉住了小山鶉，小山鶉啾啾大叫。突然，山鶉媽媽不知道從哪裡跑了出來，牠看見自己的孩子被人家捉在手裡，就一邊咕咕叫著，一邊撲過來，然後又摔倒在地。

記者們以為牠受傷了，就扔下小山鶉，光顧著去追牠。

山鶉媽媽在地上一瘸一拐地走著，記者們眼看伸手就能捉到牠了。可是每次伸手，山鶉媽媽就往旁邊閃躲。

忽然，山鶉媽媽揮舞翅膀，從地上飛起，若無其事地飛走了。記者們趕緊掉頭去找小山鶉，卻連個影子也找不到。

原來山鶉媽媽是故意假裝受傷，把記者們從孩子的身邊引開。牠把每個孩子都保護得這麼好，不過，牠總共有二十個孩子呢！

可怕的冒牌幼鳥

柔弱纖細的鶺鴒媽媽，在巢裡孵出六隻幼鳥。五隻幼鳥長得都挺像樣，第六隻卻其貌不揚，渾身上下皮膚粗糙，青筋直暴，長著一顆大腦袋，一雙凸眼睛，眼皮下垂著。牠的嘴巴是一個無底洞，如同野獸的血盆大口，一張嘴，肯定嚇得人連退三步。

出生後第一天，牠安靜地躺在鳥巢裡，只有在鶺鴒媽媽銜著食物回來的時候，牠才吃力地抬起沉甸甸的大腦袋，張開大嘴，低聲吱吱叫著：「餵我！餵我！」

第二天清晨，涼風習習，爸爸和媽媽飛出去覓食了。這時候，小怪物蠕動起來。牠低下頭，把頭抵住巢底，叉開兩腿，開始往後退。

牠的屁股撞上了牠的弟弟，接著開始把屁股塞到弟弟的身體下方，又把光禿禿的彎翅膀往後面甩。牠那對翅膀像一把鉗子似的鉗住了弟弟，就這麼繼續往後退，一直退到鳥巢的邊緣。

醜八怪用腦袋和兩腳撐住巢底，把弟弟越抬越高，一直抬到巢頂的高度。就在這時，醜八怪挺直身子，猛然往後一甩，弟弟就從鳥巢裡飛了出去。

鶺鴒的巢是築在河邊懸崖上的。

那隻才一丁點大、還沒長毛的可憐小鶺鴒，「砰！」的一聲跌在礫石上，摔得粉身碎骨。

而凶惡的醜八怪自己也差點從鳥巢裡摔出去，牠在巢邊不停地搖晃，幸虧牠的大頭頗有分量，才平衡住身體，留在巢裡。

可怕的犯罪經過只花了兩、三分鐘。最後，精疲力竭的醜八怪動也不動，在巢裡躺了大約十五分鐘。

鶺鴒爸爸和鶺鴒媽媽飛回來了。醜八怪伸長青筋直暴的脖子，抬起沉甸甸的大腦袋，一副懵懵懂懂的樣子，若無其事地張開嘴巴，尖聲大叫：「餵我！餵我！」

醜八怪吃飽了，休息夠了，又開始對付第二個弟弟。

這個弟弟沒那麼容易搞定，牠拚命掙扎，一次又一次地從醜八怪的背上滾下來。但是，醜八怪寸步不讓。

五天後，醜八怪睜開了眼睛，看見只有牠自個兒躺在巢中，其他五個小兄弟都被牠推到巢外摔死了。

在牠出生後的第十二天，牠才長出羽毛。此時，真相大白！鶺鴒夫婦倒楣透頂，牠們撫養的竟是一隻「布穀鳥」。

可是小布穀鳥叫得可憐兮兮，像極了牠們死去的孩子。小布穀鳥抖動著翅膀，哀求著乞食，樣子惹人憐愛。嬌小溫柔的夫妻倆不忍心拒絕牠，也不忍心棄養牠。

鶺鴒夫婦過著半饑半飽的生活，從早忙到晚，給養子小布穀鳥送來肥壯的青蟲，卻連自己的肚子都來不及填飽。牠們幾乎得把整個頭伸進小布穀鳥的血盆大口裡，才能把食物塞進那張貪得無饜、無底洞似的大嘴巴。

一直忙到秋天，牠們才把布穀鳥養大。沒多久，布穀鳥飛走了，從此再也沒來看過養父母。

小熊洗澡

我們熟識的一名獵人沿著林中小河的岸邊走，忽然，他聽見「喀嚓喀嚓」一陣樹枝斷裂的巨響。獵人大吃一驚，急忙爬上樹。

一隻棕色的大母熊從樹林裡走了出來，後面跟著兩隻活蹦亂跳的小熊和一隻熊哥哥。熊哥哥是熊媽媽已經一歲大的兒子，現在暫時充當兩個弟弟的保姆。

熊媽媽坐了下來。

熊哥哥叼住一隻小熊的後頸，準備把牠浸到河水裡。小熊尖聲大叫，四腳亂蹬。可是熊哥哥緊叼著牠不放，直到把牠泡在水裡，洗得乾乾淨淨為止。

另外一隻小熊怕洗冷水澡，飛快地溜進樹林裡。熊哥哥追上去，賞了牠好幾巴掌，然後照樣把牠抓到河裡洗澡。

洗著洗著，熊哥哥一不小心鬆開嘴巴，讓小熊掉進了水裡。小熊嚇得大叫！熊媽媽立刻跳下水，把小熊拖上岸，然後狠狠地揍了熊哥哥，打得這個可憐蟲哀號起來。

兩隻小熊都上了岸，似乎很滿意剛才的體驗。原本，驕陽似火，牠們穿著毛茸茸的厚重大衣，熱得難受；不過，在冷水裡洗個澡，感覺涼快多了。

洗完澡後，熊媽媽帶著孩子們，回到了樹林裡。

獵人這才從樹上爬下來，走回家去。

水下戰鬥

跟在陸地上生活的孩子們一樣，在水底下生活的孩子們也喜歡打架。

兩隻小青蛙跳進池塘，看見怪模怪樣的蠑螈躺在裡面。蠑螈的身子細長，腦袋大大的，四條腿短短的。

「多麼可笑的怪物呀！」小青蛙心想，「我要跟牠打一架！」

一隻小青蛙咬住大頭蠑螈的尾巴，另一隻小青蛙咬住牠的右前腳。

兩隻小青蛙使勁一拉，蠑螈把尾巴和右前腳留在了小青蛙的嘴裡，然後飛快地逃走了。

幾天後，小青蛙又在水底碰到這隻蠑螈。現在，牠變成了真正的怪物：該長尾巴的地方，長出了一隻腳；右前腳被扯斷的地方，卻長出了一條尾巴。

蜥蜴也有這樣的本領：尾巴斷了，能重新長出一條新的尾巴來；腳斷了，能重新長出一隻腳來。而蠑螈在這方面的本領，比蜥蜴還要強。不過，有時牠們會犯糊塗，在斷了末肢的地方，會長出完全不符合原先部位的肢體。

寄自空中島嶼的一封信：「鳥島」

我們乘船在卡拉海東部航行，周圍是無邊無際的海水。

忽然，桅頂航海員驚聲叫道：「正前方，有一座倒立的山！」

「他到底看到了什麼呢？」我心中好奇，所以爬上了桅杆。

我清楚地看見：我們的船正在駛向一座岩壁陡峭、倒掛在空中的島嶼。一塊塊岩石上下顛倒地懸掛在空中，完全沒有任何東西支撐。

「這怎麼可能呢？」我自言自語地問。

突然之間，我想到了：「啊！是折射！」於是我情不自禁地笑了起來。

折射是一種奇特的自然現象。在北極海上，常常會出現折射現象。這種現象又叫做海市蜃樓。當船在海面行駛的時候，船員會突然看見遠處的海岸，或一艘船，倒掛在空中。這是它們在空中顛倒過來的影像，如同在照相機的觀景窗中看到的那樣。

幾小時後，我們的船抵達了那座遠方的小島。小島當然沒有倒掛在空中，而是穩穩地矗立在海上，陡峭的岩壁也都好端端地立在那兒。

船長測定了方位、查看地圖後，說這座島叫比安基島，位於諾爾傑歇爾特群島的海灣入口處。這座島是為了紀念俄羅斯科學家維·比安基而命名的，也就是我們《森林報》所紀念的那位科學家。所以我想，也許你們會想知道這座島的模樣和島上的生態。

這座島由許多雜亂的岩石堆成，既有巨大的圓石頭，也有大石板。岩石上既不長灌木，也不長青草，只有一些淡黃色和白色小花隨風搖曳。另外，在背風朝南的岩石上，長滿了地衣和苔蘚。島上還長著另一種苔蘚，很像我們那兒的平茸菇，柔軟肥厚。我從來沒有在其他地方見過這種苔蘚。

在傾斜的海岸上，還有一大堆漂來的木頭，有圓木，有樹幹，也有木板。這些都是從海上漂來的，也許漂了幾千公里呢！等這些木頭都乾透了，只要彎起手指輕輕一敲，就會發出清脆的聲響。

現在是七月底，可是這裡的夏天才剛剛開始。不過，這並不妨礙那些大浮冰、小冰山，在太陽底下閃爍著耀眼的光芒，悄悄地漂過島嶼旁邊。這裡的霧很濃，低低地飄在海面上，讓我們只看得到過往船隻的桅杆，卻看不見船身。更何況，很少有船經過這裡。島上杳無人煙，所以這裡的野獸一點也不怕人。

比安基島是一座真正的鳥類樂園。這裡沒有那種幾萬隻鳥擠在一塊岩石上築巢的情形。不計其數的鳥無拘無束，在島上安排自己的住所。成千上萬隻野鴨、大雁、天鵝、潛鳥以及各種各樣的鷸在此築巢，而海鷗、北極鷗和管鼻鸌在位置比較高的光禿岩石上築巢。

這裡的海鷗品種眾多，像是渾身雪白、翅膀黑黑的黑背鷗；小巧玲瓏、尾巴像剪刀般岔開的粉紅燕鷗；通體雪白的雪鴞；專門吃鳥蛋、幼鳥和小獸，高大凶殘的北極鷗；唱著歌，像百靈鳥一樣飛向高空，有著白翅膀、白胸脯的美麗雪鵐。北極百靈鳥在地上邊跑邊唱，牠們頸子上的黑羽像臉上長著黑鬍子，頭上立著兩撮冠毛像一對黑色的小犄角。

這裡的野獸就更有趣了。我帶著早餐，坐在海岬邊的海岸上，旅鼠在一旁竄來竄去。這是一種小巧的齧齒動物，渾身毛茸茸的，長著黑、灰、黃三色相間的花斑。

島上有很多北極狐，我曾經在石堆中見過一隻；牠當時正偷偷地靠近一窩還不會飛的小海鷗。忽然，大海鷗們發現了牠，便尖叫著一齊向牠猛撲過去，嚇得這個膽大包天的小偷夾起尾巴，拔腿就跑。這裡的鳥善於保護自己，也絕不會讓自己的孩子受欺負。這樣一來，野獸可要挨餓了。

我開始往海上遠眺，那裡有許多鳥在游泳。我吹了聲口哨，忽然，從岸邊水底下鑽出了幾顆光溜溜的圓腦袋，一雙雙烏黑的眼睛好奇地盯住我，牠們也許在想：「這是什麼怪物啊？他為什麼要吹口哨？」牠們是海豹，一種個頭不大的海豹。

一隻體型很大的海豹，從距離岸邊稍有距離的地方冒出頭來，有些體型更大、長著鬍子的海象在更遠的地方戲水。剎那間，所有的海豹和海象都鑽進水裡不見蹤影，鳥兒大叫著飛向天空。原來，一隻白熊從水裡露出腦袋，游過島嶼的旁邊。牠可是北極地區最強悍、最殘暴的野獸。

我的肚子餓了，正想拿早餐來吃，卻發現早餐不見了。我記得很清楚，自己把食物放在身後的一塊石頭上……想到這兒，我跳了起來。

一隻北極狐從石頭底下竄了出來。

小偷！小偷！就是牠悄悄地接近我，偷走了我的早餐。牠嘴裡還叼著我用來包三明治的那張紙呢！

瞧，這裡的鳥兒把一隻正派的野獸，逼到什麼地步了！

—— 發自遠航領航員瑪律丁諾夫 ——

【打靶場】問答遊戲五

①山鶉媽媽用什麼方式拯救被人類抓走的小山鶉？

②哪一種鳥會把蛋下在別種鳥類的巢裡？

③依照〈水下戰鬥〉的報導，哪些動物在肢體斷掉後，還有再生的能力？

解答：99頁

第六期
結伴飛行月——夏季第三月

太陽史詩【八月】

八月是閃亮的月分。夜裡，金星流動的光輝，無聲地照亮了樹林。

草地在夏季裡最後一次換上新裝，它變得五彩繽紛，花兒的顏色由淺轉深，變成藍色和淡紫色。太陽的光線則開始減弱，是時候收藏這臨別的陽光了。

蔬菜、水果這類較大的果實即將成熟了；樹莓、越橘這類晚熟的漿果也快要成熟了；沼澤地上的蔓越莓和樹上的山梨，都跟上了成熟的腳步。

蘑菇開始生長，它們活像一群小老頭，不喜歡火辣辣的太陽，反而習慣躲在陰涼的地方，盡量不讓太陽晒到自己。

樹木已經不再長高、長粗了。

蜘蛛飛行員

沒有翅膀要怎麼飛行呢？

必須想辦法呀！瞧，蜘蛛搖身一變，成了氣球飛行員。

小蜘蛛從肚子裡抽出一根細蛛絲，掛到灌木上。微風吹得蛛絲左右搖晃，卻怎麼都吹不斷它。細蛛絲像蠶絲一樣堅韌。

小蜘蛛站在地上，蜘蛛絲在樹枝和地面之間飄蕩。小蜘蛛繼續抽出細絲，讓細絲把身體纏住，好像裹在蠶繭似的。

風越刮越大，蜘蛛絲越抽越長。

小蜘蛛用腳牢牢地抓住地面。

一，二，三，小蜘蛛迎著風飛上去，咬斷掛在樹枝上那一端的蜘蛛絲。

一陣風吹起，小蜘蛛要展開飛行旅程了！

牠趕緊把纏在身上的絲線解開！

用細絲製作的小氣球升到空中，高高飛翔在草地和灌木叢之上。

蜘蛛飛行員從上往下看，哪兒最合適呢？

下面有樹林、有小河。

繼續往前飛！繼續往前飛！

咦！這是誰家的小院子呢？一群蒼蠅正圍繞在糞堆旁。

停下來吧！降落！

蜘蛛飛行員把細絲繞到自己的身體下方，用小爪子把蜘蛛絲纏成一團小球。小氣球越降越低……

預備！著陸！

蜘蛛絲的一頭掛在草叢上，小蜘蛛順利著陸了！

在這裡可以平靜地過日子，可以看到許多小蜘蛛帶著細絲在空中飛舞著，這種現象往往發生在乾燥晴朗的秋日。此時，農民們就會說：「夏天變成老奶奶了！」蜘蛛的細絲就像是銀髮在飄蕩。

嚇破膽子的狗熊

一天晚上，獵人很晚才走出森林，返回村莊。他走到麥田邊，看見田裡有個黑影在閃動。那是什麼東西呀？難道是牲口闖到了不該去的地方嗎？

仔細一看，我的天啊！原來是隻大狗熊。牠肚皮朝下趴在地上，兩隻前掌抱住一束麥穗，把麥穗壓在身子底下吸吮著。牠懶洋洋地趴著，心滿意足地打了飽嗝。看來，牠很喜歡喝麥漿。

獵人沒有子彈，身上只帶了一顆小霰彈（他原本是去獵鳥的）。不過他是個勇敢的年輕人，他想：「不管打得中或打不中，先開一槍再說，總不能讓狗熊糟蹋集體農莊的麥田吧！不打傷牠，牠是不會離開的。」

他裝上霰彈，「砰！」的一槍，槍聲正好在狗熊的耳邊炸響。這突如其來的聲響，把狗熊嚇得一躍而起。

麥田邊有一叢灌木，狗熊像隻鳥兒似的飛撲過去。牠摔了個大跟斗，掙扎著爬起來，頭也不回地跑向森林。

獵人看到狗熊的膽子這麼小，心裡覺得很好笑，然後他就回家了。

第二天，他想：「我得去瞧一瞧，不知道田裡的麥被狗熊吃掉了多少？」他來到昨晚的麥田邊，只見熊糞的痕跡一直延伸到森林裡，原來昨天狗熊嚇得拉肚子了。

他順著痕跡找過去，看見狗熊躺在那兒，已經死掉啦！這麼說，牠竟然被突如其來的聲響嚇死了，狗熊還號稱是森林裡最強悍、最可怕的野獸呢！

湖上的「暴風雪」

昨天，在我們這兒的湖面上颳起了「暴風雪」。輕盈的鵝毛大雪飛舞在空中，眼看就要落到水面，卻又騰空躍起。

當時天氣晴朗，驕陽似火。熱氣在炙熱的陽光下緩慢地流動，沒有一絲微風，可是湖面上卻大雪紛飛！

今天早上，一片片乾燥沉寂的雪花落在湖面和湖岸上。這種雪花真奇怪，不但在灼熱的太陽下不會融化，在陽光下也不會閃閃發光，而且溫暖易碎。

我們向湖邊走去，等走到岸邊時，才發現這根本不是雪花，而是成千上萬隻長著翅膀的小昆蟲，也就是蜉蝣。

牠們在黑茫茫的湖底住了整整三年，直到昨天，牠們才從湖裡破土而出，飛了出來。

在湖底時，牠們是模樣醜陋的幼蟲，在淤泥裡蠕動；牠們的食物是淤泥和臭氣熏天的水藻；從未見過太陽。

牠們就這樣，過了三年，整整一千個日子。

昨天，這些幼蟲爬上岸，脫掉身上醜陋的幼蟲皮，展開輕盈的翅膀，釋放出三條尾巴，也就是三條細長的線，飛到空中去了。

牠們只能擁有一天的生命，可以在空中旋轉、跳舞、尋歡作樂，因此，牠們又稱為「短命鬼」。

整整一天，牠們在陽光下跳舞，像輕盈的雪花在空中飛舞旋轉。雌蜉蝣降落到水面，在水裡產下細小的卵。

當太陽西沉、黑夜降臨的時候，蜉蝣的屍體灑落在水面與湖岸。

蜉蝣的卵將孵化成幼蟲。下一代又將繼續在黑暗的湖底度過整整一千天，然後張開翅膀飛到湖面上空，做一天快活的「短命鬼」。

打獵：白楊樹上

高大的冷杉林裡萬籟俱寂，一片漆黑。

太陽剛剛落到森林後方。獵人緩慢地走在沉默無語的筆直樹幹之間。

前面傳來一陣窸窸窣窣的聲音，好像是一陣風出其不意地刮進了綠葉叢中。

前方是白楊樹林。獵人停住腳步。

又是一片寂靜。

聽，彷彿是稀稀落落的大顆雨滴，落在樹葉上。

噗托、噗托、吧嗒、吧嗒、吧嗒……

獵人輕手輕腳地往前走，慢慢接近白楊樹林。隔著茂密的樹葉，獵人什麼也看不見。他站定，一動也不動。

看誰更有耐心：躲在白楊樹上的那位，還是帶著槍、藏在樹下的這位呢？

長久的沉默。靜得可怕。

聲音又響了起來：吧嗒、吧嗒、噗托……

啊哈！這下子你可把自己暴露了！

獵人仔細瞄準，倏地開了一槍。於是那隻粗心大意的小松雞，重重地摔了下來。

在這場競賽中，鳥兒藏得好，獵人明察秋毫。就看誰更有耐心？誰的眼睛更銳利？

【打靶場】問答遊戲六

①樹木在哪個月分會停止長高？

②蜘蛛展開飛行之後，要如何降落呢？

③哪一種昆蟲在離開湖底的爛泥、爬到岸上之後，只有一天的生命？

解答： 99頁

麋鹿

麋鹿有著發達的側蹄，有利於牠們在沼澤活動，喜食青草與水草。因爲臉似馬、角似鹿、頸長如駱駝、尾端似驢，故有別稱「四不像」。

第七期
候鳥離鄉月——秋季第一月

太陽史詩【九月】

九月終日愁眉苦臉地哭泣，天空變得經常皺眉頭，而風開始吼叫。

秋季的第一個月開始了。

秋天跟春天一樣，有一份自己的工作時間表；不過，恰好相反的是，秋天的工作是從空中開始，而不是地面。樹葉得不到充足的陽光，立刻開始枯萎，很快就失去了翠綠的色彩，開始慢慢變黃、變紅、變褐。葉柄長在樹枝的地方，會形成一個衰老的帶狀殘柄。

即使在平靜無風的日子裡，樹葉也會突然飄落：這兒落下一片黃色的樺樹葉，那兒落下一片紅色的白楊樹葉，在空中輕輕飄飛著，靜靜地掃過地面。

當你清晨醒來的時候，第一次看見了青草上的白霜，你在日記裡寫道：「秋天開始了！」每年第一次降霜，總在黎明前。所以，從這一天起，更準確地說，從這一夜起，越來越多枯葉從枝頭飄落；直到最後，清掃樹葉的西風刮起，森林才褪去全套華麗的夏裝。

雨燕早已沒了蹤影，而家燕和其他在我們這裡度過夏季的候鳥，都集結成群，在夜裡悄悄踏上遙遠的旅途。

天空越來越空曠，水溫也越來越冰涼，人們已經不想跳到河裡去游泳。

可是突然間，好像是對火紅夏日的紀念，溫暖乾燥、晴朗無風的日子又回來了。剛播下的農作物在田裡歡快地閃耀著。

「夏天的老奶奶來了！」農民們笑著說，欣賞著生機勃勃的秋播作物。

森林裡的居民們在為漫長的冬季進行準備。冬眠的動物躲進安全的地方，把自己暖和地包裹起來。只有兔媽媽們不甘寂寞，不願承認夏天已經過去，又生下了一窩小兔子！這些小兔子被稱為「落葉兔」。

這時，細柄的食用菇長出來了。夏季結束，候鳥離鄉月到了。

像春天時那樣，發自森林的電報紛紛飛向編輯部：新聞時時有，大事天天見。又像候鳥返鄉月時那樣，鳥兒開始大遷移，只不過這回是從北往南飛。

秋天就這樣開始了。

發自森林的第四封電報

那些身穿豔麗五彩華服的鳴禽都不見了。因為牠們在半夜起飛，我們沒看見牠們上路時的情況。

許多鳥兒更喜歡在夜間飛行，因為這樣比較安全，而且即使在漆黑的深夜，候鳥也能找到飛往南方的路線。在黑暗中，遊隼、老鷹和其他猛禽不會攻擊牠們。白天，這些猛禽都從森林裡飛出來，在半路上恭候著！

野鴨、潛鴨、大雁和鷸等水鳥，一群群出現在海上的長途飛行航線上，這些長著翅膀的旅客，在春天休息過的地方歇腳。

不知道是誰，每天夜裡在海灣內的淤泥地上，畫了一些小十字和小坑洞。這些圖樣布滿了淤泥地。我們在小海灣的岸邊搭了一個小棚子，想躲起來看看是誰在那兒作畫。

—— 發自本報記者 ——

林中巨人的激戰

傍晚，太陽就要下山了。森林裡傳來短暫的、沙啞的吼叫聲。長著犄角的「林中巨人」大公麋鹿，用發自喉嚨深處的沙啞吼聲向對手挑戰。

鬥士們在林中空地相遇。牠們用蹄子刨地，雙眼布滿血絲，低下長著大犄角的頭，猛撲向對方。犄角劈里啪啦地相撞，鉤在一起。牠們用巨大身軀的全部重量推撞彼此，竭力想扭斷對方的脖子。

牠們分開來，又衝上去，一會兒把身子彎到地，一會兒又用後腿站立起來，用犄角相互衝撞。

笨重犄角相撞的咚咚聲在森林裡轟鳴。難怪人們把公麋鹿叫做「犁角獸」，因為牠們的犄角像犁似的又大又寬。

戰敗的公麋鹿，有的慌忙逃離戰場，有的受到可怕的大犄角致命撞擊，扭斷了脖子，血淋淋地倒在地上。獲勝的公麋鹿，用鋒利的蹄子踐踏對手。

於是，犁角獸吹起勝利的號角，雄壯的吼聲響徹森林。一隻沒有犄角的母麋鹿在森林深處等待牠。獲勝的公麋鹿成了這一帶的主人，牠不容許其他公麋鹿踏入牠的領地；牠甚至不能容忍年幼的小麋鹿，就把牠們也攆走了。

牠那雷鳴般嘶啞的吼聲，一直傳到很遠的地方。

發自森林的第五封電報

我們在觀察，究竟是誰在海灣沿岸的淤泥地上畫了小十字和小點。

原來是濱鷸。

布滿淤泥的小海灣是濱鷸的飯店。牠們在這歇歇腳，吃點東西。牠們邁著長腿在柔軟的淤泥上走來走去，留下許多腳趾分得很開的腳印。牠們把長嘴插到淤泥裡，從裡面拖出小蟲當早餐，就留下了小坑洞。

我們抓到一隻鸛。牠整個夏天都待在我家的屋頂。我們把一個很輕的鋁製金屬環套在牠的腳上，環上刻著一行字：「莫斯科，鳥類學研究委員會，A 組第一百九十五號」。然後，我們放了這隻鸛，讓牠帶著環飛走。要是有人在牠過冬的地方抓住牠，我們就可以得知，這個地區的鸛在什麼地方過冬。

森林裡的樹葉已經變得五顏六色，並且開始紛紛掉落。

—— 發自本報特約記者 ——

夜的驚恐

住在市郊，幾乎每個夜晚都讓人驚恐不安。人們聽見院子裡的喧鬧聲，紛紛從床上跳起來，把頭探出窗外。「怎麼啦？發生了什麼事？」

家禽在樓下的院子裡，大聲地撲騰著翅膀，鵝「咯咯」地叫，鴨子「呱呱」地吵。難道是黃鼠狼來了？或是狐狸鑽進了院子？

屋主巡視了院子，檢查了家禽圍欄。一切正常，什麼也沒看見，也許只是家禽做了噩夢吧！瞧，牠們現在不是已經安靜下來了嗎？

人們爬上床，安心睡覺。

可是一小時後，院子又傳來「咯咯咯」、「呱呱呱」的聲音。院子裡的家禽驚恐喧鬧，亂作一團。

「又出了什麼事？」人們打開窗戶，屏息靜聽。黑沉沉的天空中，只有星星閃著金光，四周寂靜無聲。

可是，似乎有一道道不可捉摸的影子，在上空掠過，一道接著一道，遮住了天上的星星。

人們聽見一陣輕輕的、斷斷續續的嘯聲。一種模糊不清的聲音，從高高的夜空中傳來。

家鴨和家鵝立刻醒了過來。這些鳥兒原本好像早已忘卻了自由，此刻卻有股莫名的衝動，不停地拍動翅膀。牠們踮起腳尖，伸長脖子，悲苦地叫呀叫！

那些自由的野生兄弟姐妹們，在黑暗的高空中回應著牠們。一群又一群長著翅膀的旅行家，正從石頭房子和鐵屋頂上飛過。野鴨的翅膀發出「噗噗」的聲音。大雁和雪雁輕輕地回應家禽們的悲鳴：「咯！咯！咯！上路吧！上路吧！遠離寒冷！遠離饑餓！上路吧！上路吧！」

候鳥清脆的「咯咯」聲消失在遠方。而那些早已忘記如何飛翔的家鴨和家鵝，卻還在石頭院子的深處輾轉反側。

躲進過冬的小窩

天氣變冷了，美麗的夏天過去了。血液凍得快要凝固了，讓大家都懶得動彈，總是想打瞌睡。

長著尾巴的蠑螈，整個夏天都住在池塘裡，一次也沒出來過。現在，牠爬上岸，慢慢地爬到樹林裡。牠找到一個腐爛的樹墩，鑽到樹皮下，在裡面縮成一團。

青蛙恰好相反。牠們從岸上跳進池塘，沉到池底，深深地鑽進淤泥裡。蛇和蜥蜴躲到樹根底下，把身子藏在暖和的苔蘚裡。魚兒成群結隊地擠到河流深處，水底的深坑裡。蝴蝶、蒼蠅、蚊蟲和甲蟲都鑽到樹皮裡，或是牆壁的裂口和細縫裡，躲藏起來。螞蟻堵住了所有的大門，塞住高城的一百個出入口。牠們鑽進高城的最深處，在那裡擠作一團，彼此緊緊地挨在一起，一動也不動地睡著了。

忍饑挨餓的時候到了！

屬於恆溫動物的飛禽走獸倒不太怕冷，每當牠們吃下東西，體內就好像升起了一盆火。可是，饑餓總是伴隨著寒冷一起降臨。

蝙蝠沒有東西可吃，於是，牠們躲在樹洞、石穴、岩縫裡，還有閣樓屋頂下面，用後腳爪鉤住一樣東西，頭朝下倒掛著，再用翅膀遮住身體，好像披了一件風衣似的，就這樣入睡了。

青蛙、蛤蟆、蜥蜴、蛇和蝸牛全部躲了起來。刺蝟躲進樹根下的草堆裡。獾也很少出洞了。

打獵：六條腿的馬

雁成群結隊到田裡覓食，哨兵們站在四周，以防人和狗靠近這裡。

馬兒在遠處的田野裡走來走去。雁不怕牠們。大家都知道，馬是一種溫和的草食動物，不會侵犯飛禽。有一匹馬一面撿著又短又硬的殘穗吃，一面漸漸靠近雁群。沒關係，即使牠走到跟前，雁也來得及飛走。

這匹馬長得真怪，牠竟然有六條腿呢！真是個怪物！牠的其中四條腿是常見的馬腿，另外兩條腿穿著長褲。

擔任哨兵的雁，「咯咯咯」地叫起來，發出警報。群雁抬起頭來。

那匹馬慢騰騰地走過來了。

哨兵展開翅膀，飛過去偵察。牠從空中看見，有個人躲在馬的後面，手裡還拿著一把槍。

「咯咯咯！咯咯咯！快逃呀！」偵察員緊張地發出逃跑的信號。群雁連忙展開翅膀，艱難地飛離地面。

獵人在雁群起飛後連開兩槍，可是牠們早已飛遠了，霰彈沒有打到牠們。

雁群得救了！

打獵：應戰的老麋鹿

每天晚上，麋鹿嘹亮的戰鬥號角在森林裡響起：「凡是不怕死的，都出來打一架吧！」

一隻老麋鹿聽到後，便從長滿苔蘚的獸穴裡站了起來。牠那寬闊的犄角分岔成十三枝，身高約兩米，體重約四百公斤。老麋鹿笨重的蹄子重重踏在濕漉漉的苔蘚上，把擋路的小樹枝都踩斷了，怒氣衝天地趕去應戰。

途中，又傳來了對手戰鬥的號角聲。

老麋鹿用可怕的吼聲回應。這吼聲懾人心魄，一群琴雞嚇得從白樺樹上掉了下來，膽小的兔子驚慌失措地從地上竄起，拚命逃進密林裡。

「我倒要看看是誰敢來挑戰？」

麋鹿的雙眼充血，直向敵人的方向衝過去。密林逐漸變得稀疏，牠衝進一片林中空地。

「原來在這裡啊！」

麋鹿從樹後猛衝上前，想用犄角撞擊敵人，用身體的重量壓垮敵人，再用鋒利的蹄子把敵人踩個稀巴爛。

直到「砰！」的一聲槍響，老麋鹿才看見有個拿槍的人躲在樹後，腰上還掛著一個大喇叭。

老麋鹿慌忙往密林裡逃，牠身上的傷口血流不止，身體虛弱得直搖晃。

【打靶場】問答遊戲七

①根據前面的報導，哪些樹的樹葉會在秋天變色？

②秋天落葉時，哪一種動物還會生孩子？

③為什麼公麋鹿又被稱作「犁角獸」？

解答：100 頁

貓頭鷹

夜行性猛禽，有尖銳且強而有力的爪子和喙。眼睛特別大，有豐富的桿狀細胞，只要一點月光就能看得清楚；頭部可靈活轉動，最多能轉 270 度。

第八期
儲備糧食月——秋季第二月

太陽史詩【十月】

十月落葉繽紛，泥濘不堪。

專摘樹葉的西風，從樹上扯下了最後一批枯葉。陰雨綿綿，一隻濕漉漉的烏鴉，百無聊賴地蹲在籬笆上，牠即將展開長途飛行。

在我們這裡度過夏天的灰色烏鴉，已經悄悄地飛往南方了；同時，一批在北方出生的灰色烏鴉，悄悄地飛了過來。原來烏鴉也是候鳥。在那遙遠的北方，烏鴉跟這裡的白嘴鴉一樣，春天時最先飛來，秋天時最晚飛走。

秋，完成了第一件差事：幫森林脫衣裳；現在開始進行第二個任務：讓水變冷，變得更冷、更冷。早晨，水窪越來越常被鬆脆的薄冰覆蓋。和空中一樣，水中的生命也越來越少了。夏天曾經在水上盛開的花朵，早已把種子丟入水底，把長長的花梗縮回水下。魚兒游到深坑裡過冬，因為深坑裡的水不結冰。不會流動的水都被冰封住了。

陸地上的冷血動物快凍僵了！老鼠、蜘蛛和蜈蚣，不知都躲到哪裡去了？蛇爬進乾燥的坑裡，將自己盤作一團，靜止不動。蛤蟆鑽進爛泥巴裡，蜥蜴躲到樹墩殘留的樹皮下，睡著了。恆溫動物們都在準備著過冬，有的穿上了暖和的皮襖，有的把洞裡的小儲藏室裝滿冬糧，有的建造巢穴。

賊偷賊

森林裡的長耳貓頭鷹陰險狡詐、愛偷東西。可是，竟然有一個賊，把腦筋動到牠身上去了。

長耳貓頭鷹長得很像鵰鴞，只是個頭小一些。牠的嘴巴像個鉤子，頭上的羽毛挺立著，眼睛又大又圓。不管夜有多黑，牠的眼睛看得見一切，耳朵聽得到一切。

老鼠才剛在枯葉堆裡「窸窣」一響，長耳貓頭鷹已經飛來了。只聽「嘟」的一聲，老鼠就被牠抓到了半空中。小兔兒從林中空地上跑過，這個夜強盜已經飛到牠的頭頂。只聽「嘟」的一聲，兔子死在牠的利爪下了。

長耳貓頭鷹把死老鼠拖回到樹洞裡。牠自己不吃，也不給別人吃，牠要留到冬天最飢餓的時候才吃呢！

牠白天待在樹洞裡，守衛著儲藏品，夜裡飛出去打獵。牠常常飛回樹洞，檢查儲藏的東西是否都還在。

這天，長耳貓頭鷹忽然發現，牠的儲藏品好像變少了。這位主人眼光很尖銳，牠雖然不會數數，可是也懂得用眼睛估算數目。

天黑後，長耳貓頭鷹肚子餓了，就飛出去打獵。牠回來時發現存放在樹洞裡的老鼠全都不見了，眼尖的牠發現有隻和老鼠一樣大的灰色小野獸，在樹洞底部蠕動著。

長耳貓頭鷹想抓住那隻小野獸的腳，可是牠早已竄進一條裂縫，溜到地面上逃跑了，嘴裡還叼著一隻小老鼠。

長耳貓頭鷹飛快地追過去。就在幾乎要追上時，牠定睛一看，認出了誰是小偷。牠馬上退縮，放棄奪回小老鼠。原來這小偷是殘暴的伶鼬。

伶鼬專以掠食為生。牠個兒雖小，卻大膽靈活，敢與長耳貓頭鷹爭勝負。如果長耳貓頭鷹被牠一口咬住胸部，就別想逃脫了。

核桃鴉之謎

在我們森林裡，有一種烏鴉，個頭比普通的灰色烏鴉小一點，渾身長滿花斑。我們叫牠「核桃鴉」，西伯利亞人則稱之為「星鴉」。

核桃鴉收集堅果，藏到樹洞裡和樹根下，作為冬天的存糧。冬天，核桃鴉從一個地方搬到另一個地方，從一座森林飛到另一座森林，享用貯存的冬糧。

牠們享用的是自己的儲藏品嗎？奇妙之處就在這裡。每隻核桃鴉所享用的堅果，都不是牠自己貯藏的，而是牠的同類貯藏的。當核桃鴉飛到一片從未到過的小樹林，就會馬上開始尋找其他核桃鴉貯藏的堅果。牠們四處查看這片樹林所有的樹洞，在樹洞裡找到堅果。

要找到藏在樹洞裡的堅果很容易，可是冬天時，大地被白雪覆蓋，要如何找到其他核桃鴉藏在樹根下和灌木叢下的堅果呢？

核桃鴉飛到灌木叢邊，刨開灌木叢下面的雪，總是能精確地找到其他核桃鴉藏在下面的堅果。附近有幾千棵喬木和灌木，牠怎麼知道就是這一棵樹下藏著堅果呢？是不是因為其他的核桃鴉做了什麼記號呢？

對此我們還一無所知。

我們得設計一些巧妙的實驗，好弄清楚究竟是什麼在指引核桃鴉，讓牠在白茫茫的大雪下面，找到其他核桃鴉貯藏的堅果。

草木皆兵

樹葉凋落，森林變得稀稀疏疏。

一隻小雪兔躺在森林裡的灌木叢中，身體緊貼地面，不敢亂動，只有兩隻眼睛不停地朝四處張望。這隻雪兔正要換上白色的毛，渾身斑斑點點的。

牠感到很害怕，因為周圍老是撲簌簌地響。是老鷹在樹枝間拍動翅膀嗎？是狐狸的腳爪把落葉踩得沙沙作響嗎？還是、是獵人來了嗎？

「我要跳起來逃跑嗎？可是該往哪兒跑呀？」小雪兔不安地想。

枯葉像鐵片似的在腳下轟響。就連移動時發出的腳步聲都能把自己嚇瘋！

小雪兔躺在灌木叢中，把身體藏在苔蘚裡，緊貼著白樺樹墩，一動也不敢動地藏著，只有兩隻眼睛在東張西望。好可怕呀……

沒有螺旋槳的飛機

最近幾天，總有一些奇怪的小飛機，在城市上空飛過。

行人抬起頭，驚奇地注視著這些飛行中隊慢慢繞圈子。

「真奇怪，怎麼沒有聽到螺旋槳的聲音呢？」

「因為它們根本沒有螺旋槳。」

「怎麼會沒有螺旋槳呢？這是什麼樣的新系統？這是什麼飛機？」

「牠們叫金鵰。牠們正在遷移，往南飛。」

「喔！原來如此，我現在也看清楚了！這是鳥在盤旋。如果您不說，我真的以為是飛機呢！牠們太像飛機了！哪怕揮動一下翅膀也好啊……」

打獵：沿著秋天泥徑遛獵犬

空氣清新的秋日早晨，獵人扛著槍來到郊外。他用短皮帶牽著兩條緊緊靠在一起的獵犬，這兩條壯實的獵犬胸脯很寬，黑色的毛裡夾雜著紅褐色斑點。

獵人走到小樹林邊，解開獵犬的皮帶，把牠們「野放」在小樹林裡。兩條獵犬立刻向灌木叢跑去。而獵人沿著樹林外圍，悄悄地走在野獸常走的小路上。然後，他站到灌木叢對面的一個樹墩後，那裡有一條隱蔽的林中小路，從樹林一直通往下面的小山谷。

忽然，老獵犬多佛瓦伊第一個叫了起來，牠的聲音低沉而嘶啞。年輕獵犬扎利瓦伊緊跟著汪汪地叫。

獵人一聽叫聲就知道獵犬吵醒兔子，把兔子攆出來了。現在，牠們正沿著滿是泥濘的小路追趕，不時用鼻子嗅著兔子的氣味。雨後的小路泥濘不堪，秋天的地面因此總是髒髒黑黑的。

獵犬一會兒離獵人近，一會兒離獵人遠，因為兔子一直繞圈子，躲躲閃閃。

哎呀，這兩條狗也太馬虎了！那不就是兔子嘛！兔子的棕紅色皮毛在山谷裡一閃一閃的。

獵人錯失了良機……

瞧那兩條獵犬！多佛瓦伊跑在前面，扎利瓦伊吐著舌頭跟在後面。牠們緊追著兔子，在山谷裡奔跑。

哎！沒關係，牠們還會拐進樹林裡的。多佛瓦伊韌性十足，只要牠發現了獵物的破綻，就不會放過，也不會錯過。牠是條老練的獵犬。

牠們又跑過去了，又跑過去了。牠們繞著圈子跑，又跑回樹林裡了。

獵人心想：「兔子一定會跑到這條小路上來。這次我可不能再錯過這個好機會了！」

突然，四周安靜了一會兒。

不久，再次傳來帶頭獵犬多佛瓦伊的叫聲，不過這一次是更瘋狂、更嘶啞的叫聲。扎利瓦伊則喘著粗氣，尖聲刺耳地跟著叫。

顯然，牠們發現了另外一隻獵物的蹤跡！

是什麼獵物呢？肯定不是兔子。

大概是紅色的……

獵人急忙給獵槍換了子彈，裝進了尺寸最大的霰彈。

一隻兔子從小路上跑過，竄進田野裡。

獵人看見了，但是沒有舉起槍。

獵犬越追越近。一條獵犬聲音嘶啞地叫著，另一條惱怒地尖叫……突然間，在灌木叢中，在兔子剛才跑過的那條小路上，鑽出了一隻長著火紅脊背和白色胸脯的小獸。牠徑直朝獵人衝了過來！

獵人舉起槍。

小獸這才發覺，牠把毛烘烘的尾巴猛地往左一甩，又往右一甩。

太慢了！

砰！衝出的火藥把狐狸拋到空中，接著四腳朝天地摔在地上，死了。

獵犬從樹林裡竄出來，撲向狐狸。牠們用牙叼住狐狸的火紅色皮毛，撕咬著，眼看就要被扯破了！

「放下！」獵人對牠們厲聲喝斥，接著連忙跑過去，從獵犬嘴裡奪下珍貴的獵物。

【打靶場】問答遊戲八

①根據前面的報導，哪一類動物從十月開始冬眠？

②依照〈賊偷賊〉的報導，誰偷走了長耳貓頭鷹的儲藏品？

③哪一種動物可以在一大片樹林中，準確地找其它同類貯藏的堅果呢？

解答：100 頁

第九期
冬客蒞臨月——秋季第三月

太陽史詩【十一月】

十一月是冬天的前奏。十一月總是一會兒下雪，一會兒泥濘；一會兒泥濘，一會兒下雪。十一月，俄羅斯的池塘與湖泊已經被冰給封住了。

秋，開始進行第三件工作：脫盡森林的衣裳，限制了河水的自由，又用雪把大地籠罩起來。森林裡，黑黝黝、光禿禿的樹木被雨水打得濕透。河上的冰閃著亮光，但是如果你在冰面上東奔西跑，腳下發出「喀嚓」聲，下一秒，你就掉進冰水裡了。所有被大雪覆蓋的秋耕田，都停止了生長。

但是，現在還不是冬天，只不過是冬天的前奏。陰天過後，還會有大晴天。所有生物看到太陽時，是多麼興高采烈啊！看！這邊，黑色的蚊子從樹根下鑽出，飛上了天空；那邊，金黃色的蒲公英、款冬花在腳下盛開，這些還都是春天的花呢！

貂追松鼠

許多松鼠遷移到這兒的森林裡。在牠們原先居住的北方森林，松果不夠吃了。

松鼠四散在松樹上。牠們用後爪抓住樹枝，用前爪捧著松果啃。

一隻松鼠原本捧在手心上的松果，從腳爪滑落到雪地上了。松鼠很捨不得這顆松果，氣呼呼地叫著，從一根樹枝跳到另一根樹枝，跳到樹下去了。牠在地上竄著跳著，跳著竄著，後腳一撐，前腿一托，向松果跑去。

牠看見一團黑漆漆的毛皮和一雙機敏的小眼睛從枯枝堆裡露出來。松鼠嚇得把松果都忘了。牠慌忙地往眼前的樹上竄，順著樹幹往上爬。

一隻貂從枯枝裡跳出來，跟在後面追了上去，同樣飛快地順著樹幹往上爬。不過，松鼠已經爬到了樹梢。

貂也沿著樹枝爬上來。松鼠縱身一跳，跳到了另一棵樹上。

貂把蛇一般細長的身子縮成一團，背脊弓成弧形，縱身一跳。松鼠順著樹幹飛奔。貂緊跟在後，也順著樹幹飛跑。松鼠的動作很靈敏，可是貂的動作更迅捷。

松鼠跑到樹頂，沒辦法再往上跑了，周圍也沒有別的樹讓牠轉移陣地。

眼看貂就要追上牠了……

松鼠急忙向下跳，落在另一根樹枝上，而貂依然緊追不捨。松鼠在樹枝上蹦跳，貂在粗一些的樹幹上追。松鼠跳呀跳，跳到了最後一根樹枝上。

下面是地，上面是貂。松鼠沒有選擇的餘地了，牠迅速地跳到地上，趕緊朝另一棵樹跑。

不過，在地面上，松鼠根本不是貂的對手。貂三步併成兩步就追上了松鼠，飛身把牠撲倒在地。於是，松鼠就一命嗚呼了。

灰兔耍花招

一天夜裡，一隻灰兔偷偷鑽進了果園。蘋果樹的皮甜極了，快天亮的時候，牠已經啃壞了兩棵小蘋果樹。灰兔絲毫不理會落在頭上的雪，只是不停地啃著嚼著，嚼著啃著。

村裡的公雞叫了三遍。狗也狂吠起來。

這時，兔子才如夢方醒，應該趁人們還沒起床之前跑回森林裡。周圍白茫茫的，所以從遠處就可以看見牠那身灰棕色的皮毛。有時候牠還真羨慕渾身雪白的雪兔。

這夜新下的雪很柔軟。灰兔一路跑著，在雪地上留下腳印。長長的後腿留下的是伸直的腳跟印；短短的前腿留下的是小圓點。在這片新雪上，每一個腳印、每一個爪痕，都被看得一清二楚。

灰兔穿過田野，往森林裡跑，在身後留下一串串腳印。灰兔剛才滿足地吃過一頓，現在牠多想躲在灌木叢下打個盹啊！可不幸的是：無論牠往哪兒躲，腳印都會出賣牠。

於是灰兔只好耍花招了——弄亂腳印。

村子裡的人醒來了。主人走到果園一看，心疼地大喊：「我的老天爺！兩棵最好的蘋果樹都被剝光了皮！」他往雪地上看了看，發現樹下有兔子的腳印，馬上就明白了一切。他舉起拳頭威脅道：「走著瞧吧！你必須用你的毛皮來賠償我的損失。」

果園主人回到屋裡，往槍裡裝填彈藥，帶上槍，踏著雪出發了。

瞧，兔子就是在這兒跳過柵欄，然後往田野裡跑的。可是，一進森林，腳印就圍著灌木打轉。

「哼！這招可救不了你！我會弄清楚的！」

瞧，兔子繞灌木跑了一圈，然後穿過自己的腳印。

果園主人跟著腳印追蹤，他隨時準備開槍。

突然，他站定不動，疑惑道：「這是怎麼回事？腳印中斷了，周圍全是乾淨的白雪。即使兔子跳過去，也應該看得出腳印來啊！」

果園主人彎下腰仔細查看腳印。哈哈！原來這是一個新花招：兔子順著自己的腳印跑回去了。牠每一步都準確無誤地踩在原來的腳印上。

乍看之下，還真難分辨出「雙層腳印」呢！

果園主人順著腳印往回走。他走著，走著，又走回田野裡。也就是說，他看走眼了！換句話說，他一定漏掉了某個線索。

他轉身，又順著「雙層腳印」向森林走去。哈哈，原來如此！「雙層腳印」很快就中斷了，再往前，腳印就是單層的了。這麼說，兔子就是從這兒跳到旁邊去的。現在的單層腳印看起來十分均勻。但是，腳印又突然中斷了，變成一行新的「雙層腳印」越過灌木叢。

兔子現在肯定是躺在灌木叢下。「你布下迷魂陣，但是可騙不了我！」果園主人得意地想。兔子確實就躺在附近。不過，並不是像獵人所猜測的那樣躺在灌木叢下，而是躺在一大堆枯樹枝下。

灰兔在睡夢中聽見沙沙的腳步聲。聲音越來越近，越來越近……

牠抬起頭，看見兩隻穿著氈靴的腳在走路。黑色的槍桿幾乎垂到了地。

灰兔悄悄地從藏身地鑽出來，如箭離弦地竄到另一堆枯枝落葉的後面。果園主人只見短短的小白尾巴在灌木叢裡一閃，兔子就無影無蹤啦！他只好雙手空空地回家。

啄木鳥的打鐵舖

在我們的菜園後面，長著許多老白楊樹和老白樺樹，還有一棵很老很老的冷杉，冷杉上掛著幾顆毬果。

一隻五彩啄木鳥，飛來採摘這些毬果。啄木鳥落在樹枝上，用長嘴啄下一顆毬果，然後把毬果塞進樹縫裡，開始用嘴啄，把毬果裡的籽都啄出來後，就把毬果往地上一扔，接著採下第二顆毬果。

牠把第二顆、第三顆毬果也塞進那道樹縫裡，就這樣一直忙碌到天黑。

—— 發自森林記者勒．庫波列爾 ——

美食陷阱

寒冷與饑餓的時刻來臨了！

假如你家有花園或小院子，就能輕而易舉地吸引鳥兒。在牠們斷糧的時候給牠們一點東西吃；在天寒地凍和刮風下雨的時候保護牠們、為牠們提供築巢的地方。假如你想邀請一、兩隻可愛的鳥兒長住，你只需要建造一間小屋子。

你可以在小屋子的露臺上，招待客人們享用篦麻籽、大麥、小米、麵包屑、碎肉、生豬油、乳酪和葵花子。即使你住在大都市，也會有最有趣的嬌客，應你之邀飛到小屋子裡來，並在此定居。

或者，你可以拿一根細金屬絲或細繩子，將一端繫在小屋子的門上，另一端經過窗戶，通到你的房間裡。你只要拉一下金屬絲或細繩，那扇小門就會「砰」地關上。

不過，你可千萬別在夏天捕鳥。抓走了成鳥，雛鳥會餓死的。

【打靶場】問答遊戲九

①貂比較容易在樹上或是地面上抓到松鼠？

②為什麼兔子的腳印在雪地裡中斷了呢？牠用什麼方法躲避獵人的追蹤？

③啄木鳥如何將毬果裡的籽啄出來？

解答：100 頁

狐狸

聽覺與嗅覺十分靈敏，遇到危險時會從尾巴根部的臭腺釋放刺鼻臭味。平常以單獨行動爲主，繁殖季節時會群聚行動，能看到狐狸一家的光景。

第十期
雪徑初現月——冬季第一月

太陽史詩【十二月】

十二月酷寒降臨。十二月鋪冰橋，十二月釘銀釘，十二月封大地。十二月是冬季的開始。

水完成了任務，連最洶湧的大河都被冰封住了。大地和森林蓋上了雪被。太陽躲到烏雲後面。白天越變越短，夜晚越變越長。

白雪埋葬了無數屍體！一年生的植物按生長期長大、開花、結果，然後枯萎，重新化為它們過去所依附的土壤。一年生的動物，也就是許多無脊椎小動物，也都按生長期度完一生，化作塵埃。

但是，植物留下了種子，動物產下了卵。等到特定的時刻，太陽將像童話故事《睡美人》中的英俊王子那樣，用吻來喚醒它們。那時，太陽將從泥土裡創造出新生命。

多年生的植物善於保護自己的生命，它們能夠安全度過漫長冬季，等待春天的降臨。現在，冬季還未進入全盛期。

太陽終將回歸人間。生命將與太陽一起復活。

但首先必須熬過寒冬。

打獵：神捕獵人的日與夜

十二月中旬，鬆軟的白雪，已經堆積到膝蓋的高度了。

夕陽西下時，黑琴雞們一動也不動地降落在光禿禿的白樺樹上，給玫瑰色的天空抹上一絲暗影。突然，牠們一隻接一隻地向下撲，飛到雪地裡不見了。

夜晚降臨，這是一個沒有月亮的夜，黑沉沉的。

在黑琴雞消失的林中空地上，出現了知名的獵人薩索伊其。他手裡拿著捕鳥網和火把，浸過樹脂的亞麻稈熊熊燃燒著，把漆黑的夜幕向外推開。

薩索伊其邊往前走，邊凝神靜聽。

忽然，在離他只有兩步遠的前方，一隻黑琴雞從雪下鑽了出來。明亮的火焰晃得牠睜不開眼睛，牠像隻巨大的黑甲蟲，無助地在原地打轉。獵人手腳俐落地用捕鳥網罩住牠。

就這樣，薩索伊其在夜裡活捉了不少黑琴雞。

白天，他改乘雪橇射擊琴雞。

這真讓人想不透，無論步行者如何躲藏，棲身在樹枝上的黑琴雞，絕不會讓他走過來開槍。但如果是一個獵人，乘著雪橇飛馳過來，哪怕車上載著集體農莊的大批貨物，那些黑琴雞也休想從他的手裡逃走！

—— 發自本報特派記者 ——

冬天「雪書」的祕密

大地上均勻地鋪著一層白雪。現在田野和林中空地，像一本巨型書的書頁般光滑整潔。任何人在上面走過，都會留下這樣一行字「某某到此一遊」。

白天時下了一場雪。

雪停之後，書頁又變得乾淨無瑕。早晨起床後，你會看見潔白的書頁上，印滿各種各樣神祕難解的符號、線條、圓點和逗點。想來是有各種各樣的林中居民在夜裡來過這，牠們在此來回走動，蹦蹦跳跳，做了些事情。

誰來過這裡？牠們又做了什麼呢？

想弄懂這些難解的符號，讀完這些神祕的句子，你的動作要快。否則，下一場大雪過後，又將有一張乾淨平整的白紙出現在你眼前，彷彿有誰把書翻了一頁似的。

在這本冬之書上，每一位林中居民都簽了字，留下各自的筆跡和符號。人們學習用肉眼來分辨這些符號。除了用眼睛讀，還能用什麼讀呢？

動物還能用鼻子讀。比如，狗用鼻子聞聞冬之書上面的字，就會讀到「狼來過這裡」，或者「剛才一隻兔子從這兒跑過」。走獸的鼻子非常聰明，牠們絕對不會認錯字。

大多數走獸用腳寫字。有的用五根腳趾寫，有的用四根腳趾寫，有的用蹄子寫，有的用尾巴、鼻子和肚皮寫。飛禽也用腳和尾巴，甚至是翅膀來寫字。

我們的記者學會瞭解讀這本講述林中大事的冬之書。他們花了不少時間和力氣才掌握了這門學問。不過，並非所有林中居民都用標準的楷書簽字，有些動物的字跡花俏了點。

灰鼠的筆跡很容易辨識。牠們在雪地上蹦蹦跳跳，彷彿在玩跳背遊戲似的。落地的時候，灰鼠短短的前腳著地，長長的後腿岔得很開。前腳印小小的，並排印著兩個圓點；後腳印長長的，分得很開，彷彿兩根纖細的手指。

老鼠的字雖然小，可是簡單易認。牠們從雪底爬出來的時候，經常先繞個圈子，然後再朝目的地一直跑去，或者退回鼠洞裡。這樣一來，就在雪地上留下一長串冒號，而且冒號與冒號之間的距離一樣長。

飛禽的筆跡也很容易辨認。比如說，喜鵲的三根前趾在雪地上留下小十字，後趾則留下一個短短的破折號。小十字的兩側，印著翅膀羽毛留下的痕跡。而牠那梯形長尾巴，必定會在雪地上的某些地方畫下不同的符號。

這些簽字都很樸實，讓人很容易推測出來：這是一隻灰鼠，牠從樹上爬下來，在雪地上蹦跳一陣，又爬上樹了；這是一隻老鼠，牠從雪底跳出來，跑了一陣，轉了幾個圈，又鑽回雪底；這是一隻喜鵲，牠飛落下來，在凍得硬梆梆的積雪上跳了一會兒，尾巴在積雪上抹了一下，翅膀在積雪上掃了一下，然後才飛走。

不過，請你試著區分狐狸和狼的筆跡。你如果缺乏經驗的話，肯定會搞不清楚。

狐狸的腳印很像小狗的腳印。差別只在於：狐狸會把腳爪縮成一團，幾隻腳趾緊緊地併在一起。而小狗的腳趾則是張開的，因此牠的腳印淺一些、鬆軟些。

狼的腳印很像大狗的腳印。區別也僅僅在於：狼的腳掌兩側往內縮，所以狼的腳印比狗的腳印更長、更勻稱；狼的腳爪和腳掌在雪上印得也更深。狼的前爪印和後爪印之間的距離，比狗爪之間的距離更大。狼的前爪印，在雪地上通常會合成一個印子。狗腳趾上的小肉墊會併攏在一起，狼的卻不是這樣。

這些是辨別動物腳印的基礎知識。

狼的腳印特別難解讀，因為狼喜歡耍詭計，故意弄亂腳印。狐狸也一樣。

狼在走路或小跑步的時候，牠總是把右後腳整齊地踩在左前腳的腳印裡，把左後腳整齊的踩在右前腳的腳印裡。所以，牠的腳印像一條繩子那樣筆直。

你看了這樣一行腳印，或許會想：「有一隻結實的狼從這裡走過了。」

那就錯了，其實應該這樣解讀：「有五隻狼從這裡走過去了。」

走在前面的是一隻聰明的母狼，後面跟著一隻公狼，尾巴後頭還跟著三隻小狼，後面的四隻狼一步步仔細地踩著母狼的腳印走。

你絕對不會想到這是五隻狼的腳印。一定得認真訓練自己的眼睛，才能成為一個善於根據「雪徑」追蹤野獸的好獵人（獵人們把雪地上的野獸足跡稱作「雪徑」）。

粗心的小狐狸

在林中空地上，小狐狸看見了幾行老鼠的小腳印。

「哈哈！」牠想：「這下可有東西吃啦！」

牠也沒用鼻子好好「解讀」剛才是誰來過這裡，只是隨便瞧了瞧：那道腳印子一直通到那叢灌木下。

牠悄悄地走向那叢灌木。

牠看見雪地裡有個穿著灰色皮襖、拖著尾巴的小動物在蠕動。小狐狸一把抓住牠，咬了一口：「喀吱！」

「呸！呸！呸！什麼臭玩意兒，臭死啦！」牠連忙吐出小獸，跑到一旁去吃雪，用雪把嘴巴漱洗乾淨。那味道真是太難聞了！

小狐狸的早餐沒吃成，只不過白白地咬死了一隻小獸。

原來那隻小獸不是老鼠，是鼩鼱。

遠遠地看，鼩鼱像隻老鼠一樣；走近一看，馬上可以認出來：牠的嘴長長地伸出來，背部隆起。牠是食蟲獸，跟田鼠和刺蝟是近親。聰明的野獸都不會去碰牠，因為牠的味道太可怕了，像麝香似的。

雪下的鳥群

兔子在沼澤地上蹦蹦跳跳。牠從一個草墩，跳到另一個草墩，從這個草墩，又跳到另一個草墩。忽然，「撲通」一聲，牠摔了下來，掉在雪裡。

兔子覺得腳下有個東西在動。就在這一瞬間，從附近的雪底下，飛出了一大群白鷓鴣，翅膀撲打得震天響。兔子嚇得魂飛魄散，慌忙跑回森林去。

原來，有一群白鷓鴣住在沼澤地的雪底下。白天，牠們飛出來，在沼澤地上走來走去，翻挖雪裡的蔓越莓來吃；吃了一陣子，又返回雪底下。

雪底的空間既暖和又安全。又有誰能發現躲藏在雪下的牠們呢？

雪爆炸了，鹿得救了

我們的記者，曾經一直無法解讀雪地上的一些腳印，它們彷彿記載著一個謎一般的故事。

一開始，有些步態安穩的細小狹窄的獸蹄印。這不難解讀：有一隻母鹿從林子裡走過，牠絲毫沒感覺到威脅正在等待著牠。

突然，在蹄印旁，出現了許多大腳印，於是母鹿的腳印開始跳躍。

這也很好懂：一隻狼從密林裡看見了母鹿，便朝牠撲過來。母鹿飛快地從狼爪下逃走。接著，狼腳印離母鹿腳印越來越近，眼看狼就要追上母鹿了。

在一棵倒地的大樹旁邊，兩種腳印完全混在一塊兒。看來，母鹿剛剛來得及跳過大樹幹，狼也緊跟著竄了過去。

樹幹的另一邊有個深坑，坑裡的積雪，都被擊碎了，撒落在四周。彷彿有個巨型炸彈在雪下爆炸了似的。

這之後，母鹿的腳印朝一個方向前進，而狼的腳印朝另一個方向。這當中還夾著不知從哪兒冒出來的巨大腳印，有點類似人的腳印（光著腳的腳印），只是帶著可怕的、彎彎的爪子。

究竟是什麼樣的炸彈被埋在雪裡？這可怕的新腳印是誰的？為什麼母鹿朝一個方向跑，而狼是朝另一個方向跑？這期間究竟發生了什麼事？

我們的記者，冥思苦想這些問題良久。

後來，他們終於想通這些巨大的腳印是誰的，這樣，一切都水落石出了。

母鹿憑著牠的飛毛腿，毫不費力地跳過了倒在地上的樹幹，向前飛奔。狼緊跟著也跳了起來，但是因為牠的身體太重，沒有跳過去，「撲通」一聲，狼掉進了雪堆中，四條腿一齊陷入了熊洞裡。

原來，熊洞正好在樹幹底下。

熊在睡夢中被驚醒，驚慌失措地跳了起來，於是冰雪和樹枝一起往四面八方噴飛，彷彿被炸彈炸過一樣。熊飛也似的向樹林裡逃竄，也許牠還以為有獵人要襲擊牠呢！

狼一頭栽進雪裡，看見這麼一個胖傢伙，哪裡還記得要追母鹿，只顧著自己逃命去了。

而母鹿早已逃得不見蹤影。

【打靶場】問答遊戲十

①為什麼獵人們喜歡在下過雪後打獵呢？

②為什麼狐狸咬住鼩鼱後，立刻把牠吐了出來？

③哪一種鳥會住進沼澤地的雪底下？

解答：100 頁

熊

身體龐大、四肢粗壯有力、移動速度極快。常窩在山洞或樹洞之中，晝出夜伏，可以適應各種氣候與地形。靠累積的脂肪度過寒冬。

第十一期
挨飢受凍月——冬季第二月

太陽史詩【一月】

俗話說得好：一月是走向春天的轉折，是一年的開始，是冬季的中心。嚮往著夏日的驕陽，忍受著冬天的嚴寒。

過了新年，白天如同兔子似的猛然往前一竄，拉長了。

白雪覆蓋著大地、森林和水，周圍的一切彷彿都陷入了永不甦醒的、死亡一般的沉睡之中。

每當遇到困難的時候，生命善於巧妙地進入休眠狀態。花草樹木都停止了生長，但是並沒有死亡。在白雪的死亡陰影籠罩下，它們仍蘊藏著強大的生命力，以及生長與開花的能力。松樹和冷杉把種子緊緊裹在小拳頭般的毬果裡，完好地保存起來。

冷血動物在隱蔽的場所渾身都凍僵了。不過，牠們都沒有凍死，甚至像螟蛾這樣柔弱的小昆蟲也沒有，牠們只是躲到了不同的地方隱藏起來。

許多恆溫動物，牠們從不冬眠。甚至連小老鼠，整個冬天還是跑來跑去。

另外，還發生了一樁怪事。本應在深雪下的熊洞裡冬眠的母熊，竟然在一月的嚴寒中，產下一窩閉著眼睛的小熊。雖然牠自己整個冬天什麼也沒吃，卻還能餵奶給小熊吃，一直餵到了開春！

森林裡的弱肉強食

烏鴉最先發現一具馬的屍體。

「啞！啞！」一大群烏鴉飛了過來，準備開始吃晚飯。

這時已將近傍晚，天漸漸變黑，月亮出來了。

忽然，從樹林裡傳來歎氣聲：「嗚咕，嗚，嗚……」烏鴉飛走了。

一隻鵰鴞從林子裡飛出來，落在馬屍上。牠用嘴啄著馬肉，耳朵抖動著，白眼皮眨呀眨著。鵰鴞才剛想好好地飽餐一頓，卻忽然聽見地上響起「沙沙」的腳步聲。

鵰鴞飛上了樹，狐狸來到馬屍前。只聽見「喀吱喀吱」一陣牙齒響動。不過，牠還沒來得及吃飽，狼就來了。

狐狸逃進灌木叢，狼撲到馬屍上。牠渾身獸毛直立，牙齒像把刀子似的剔下一塊塊馬肉，滿意得哼哼叫，連周圍的聲音都聽不見了。過了一會兒，牠抬起頭，把牙齒咬得喀喀響，似乎在威脅著說：「別過來！」接著，又繼續大快朵頤了起來。

突然，一聲雷鳴般的怒吼在狼的頭頂炸響，嚇得牠一屁股跌坐在地上，然後趕緊夾起大尾巴，一溜煙跑了。

原來是森林的主人大熊駕到。如此一來，誰也不敢走近這具馬屍。

黑夜將近時，熊吃飽就睡覺去了。而狼夾著尾巴，一直恭候著呢！

熊剛走，狼就撲到了馬屍上。

狼吃飽了，狐狸來了。

狐狸吃飽了，鵰鴞飛來了。

鵰鴞吃飽了，烏鴉們又聚攏來了。

這時，天邊露出了魚肚白，這一頓免費大餐幾乎被吃得一乾二淨，只剩下一點碎骨頭。

林中法則的「法外之徒」

現在，所有林中居民都在酷寒下嗚咽。林中法則寫著：

冬天時，居民們必須想方設法躲避饑餓和寒冷，忘掉孵蛋的事。夏天時，天氣暖和、食物充足，那才是孵蛋的季節。

可是即使在冬天，只要食物充足，動物也可以不服從林中法則。

我們的記者在一棵高大的冷杉上，找到一個鳥巢。鳥巢搭建在積滿雪的樹枝上，幾顆鳥蛋躺在巢裡。

第二天，記者又去了那裡。恰逢寒流來襲，大家都凍得鼻子通紅。他們往鳥巢裡一看，幾隻雛鳥已經孵出來了，赤裸著身子躺在被白雪覆蓋的巢裡，還閉著眼睛呢！

這不是很奇怪嗎？

事實上一點也不奇怪。這是一對交嘴鳥築的巢，躺在巢裡的是牠們孵出的雛鳥。

交嘴鳥既不怕冬天的寒冷，也不怕冬天的饑餓。一年四季都可以看見這種小鳥成群結隊地在樹林裡飛，牠們快樂地打著招呼，從一棵樹飛到另一棵樹，從這片樹林飛到另一片樹林。牠們一年四季過著游牧生活：今天在這裡，明天在那裡。

春天，所有的鳴禽都忙於選擇配偶，選好地方定居，直到孵出雛鳥。

可是即使在這種時候，交嘴鳥依然成群結隊在樹林裡飛來飛去，在哪兒也不停留過久。

在這群不停飛行的喧鬧鳥群裡，一年四季都可以同時看到成鳥和幼鳥，讓人不禁懷疑交嘴鳥是在空中、在飛行途中生下雛鳥的嗎？

在列寧格勒，人們把交嘴鳥叫做鸚鵡，因為牠們像鸚鵡一樣穿著豔麗的五彩服裝，也因為牠們像鸚鵡一樣，經常在竿子上爬上爬下、轉圈圈。

雄交嘴鳥的羽毛是深淺不一的橙黃色，雌交嘴鳥與幼鳥的羽毛是綠色和黃色。

交嘴鳥的爪子很有力，還有一張善於叼東西的嘴。牠們喜歡頭朝下，用腳爪抓住上面的細樹枝，用嘴巴咬住下面的細樹枝。

令人驚詫的是，有些交嘴鳥死後的屍體，無論過了多久都不會腐爛。老交嘴鳥的屍體可以一直躺上二十多年，連一根羽毛都不掉，一點臭味都沒有，就像木乃伊那樣。

但最有趣的，是交嘴鳥的嘴。其他鳥都沒有這樣的嘴。交嘴鳥的嘴呈十字形，上半部分往下彎，下半部分往上翹。

交嘴鳥的嘴喙蘊藏牠全部的力量；牠一切神奇之處，也都可以從這張嘴喙得到答案。

交嘴鳥剛出生的時候，像其他鳥一樣，嘴喙也是長得直直的。可是等牠長大了一些，牠就開始啄食冷杉果和松樹果裡的種子。因此，牠柔軟的嘴喙逐漸呈十字形彎曲起來，往後一生都長成這個樣子。這樣的嘴喙對交嘴鳥很有利，牠們可以輕而易舉地用交叉彎曲的嘴喙把種子從毬果裡鉗出來。

如此一來，剛才的疑問都能夠得到解答。

為什麼交嘴鳥一生都在各處的森林裡遊蕩呢？因為牠們需要尋找毬果結得最多、最好的森林。今年，列寧格勒州的毬果結得多，交嘴鳥就飛到我們這兒來；明年，北方某個地方毬果豐收，交嘴鳥就飛到那裡去。

為什麼在雪花漫天的冬季，交嘴鳥還會唱歌、孵育雛鳥呢？既然四處都是毬果、食物充足，牠們為什麼不唱歌、不孵蛋呢？

鳥巢裡鋪著絨毛、羽毛和柔軟的獸毛，溫暖如春。一旦雌交嘴鳥產下蛋，牠就不出巢了，雄交嘴鳥會找食物給雌交嘴鳥吃。

等雛鳥鑽出蛋殼後，雌交嘴鳥就先把松樹和冷杉毬果裡的種子，在嗉囊（鳥類的消化器官）裡弄軟，再吐出來餵給雛鳥們吃。

最重要的是，松樹和冷杉一年四季都結著毬果。

交嘴鳥一旦配對，就想蓋房子、生育後代。無論這時是冬天、春天還是秋天（人們在每個月分都找到過交嘴鳥的鳥巢），牠們都會離開鳥群。一直到牠們築好巢、住進去，並且等雛鳥長大了，這一家子才會重新飛入鳥群。

為什麼交嘴鳥死後會變成木乃伊呢？

因為牠們吃的是毬果，而大量的松脂蘊含在松子和冷杉子裡。有些老交嘴鳥，在漫長的一生中，渾身都被松脂滲透了，如同皮靴給塗上了焦油似的。正是松脂讓牠們死後的屍體永不腐爛。埃及人也是在死人身上塗松脂，才使死屍變成了木乃伊。

【打靶場】問答遊戲十一

①依照〈森林裡的弱肉強食〉的報導，鵰鴞懼怕哪種動物？而狼又怕哪種動物呢？

②交嘴鳥的十字形嘴巴是天生就長這樣的嗎？

③為什麼有些交嘴鳥的屍體不容易腐爛？

解答：101 頁

狼

聽力極好，夜視能力爲犬科動物中最好的。以核心家庭的形式組成狼群，用尿液、排便或摩擦地面等方式留下氣味，用來標記領域。

第十二期
熬冬盼春月——冬季第三月

太陽史詩【二月】

二月是冬蟄月。二月，狂風暴雪無情掃蕩；風，在雪地上飛馳而過，沒有留下任何蹤跡。

這是冬季最後一個月，也是最恐怖的一個月。這是熬冬盼春月，是公狼母狼結婚月，是惡狼襲擊村莊和小城鎮的月分。餓狼們饑不擇食，拖走狗和羊；牠們每天夜裡鑽到羊圈裡搶劫。所有的野獸都變瘦了。牠們在秋天養出的肥肉，已無法再提供溫暖和營養了。

獸洞裡、地下倉庫裡的存糧，也快吃完了。

對於許多野獸來說，白雪已經從幫助保溫的朋友，逐漸變成致命的敵人。樹枝也經不起積雪的重壓折斷了。只有山鶉、榛雞和琴雞等野生的雞群喜歡深雪，牠們連頭帶尾一起埋進深雪裡過夜，感覺很舒服。

糟糕的是，當白天冰雪融化後，夜晚寒氣突襲，在雪面上蒙上一層薄冰。那麼，在太陽晒融薄冰之前，這些野生的雞只能用腦袋發瘋似的撞冰了！

二月的暴風雪刮個不停，摧毀了道路，把雪橇行駛的大道都掩埋了起來。

喜歡冬泳的小鳥

波羅的海鐵路的迦特欽站附近，在一條小河的冰窟窿旁邊，我們的森林記者發現了一隻黑肚皮的小鳥。

那天，雖然天上還掛著明晃晃的太陽，但天氣卻出奇地寒冷，因此，當森林記者聽到黑肚皮小鳥快樂地在冰上歌唱時，感到很奇怪。

他走上前去，只見小鳥跳了起來，然後「撲通」一聲掉進了冰窟窿裡。

「投河自盡啦？」森林記者心想，他急忙地跑到冰窟窿旁，想救起那隻精神錯亂的小鳥。

誰知小鳥正在水裡用翅膀划水呢！就像游泳選手用胳膊划水似的。

小鳥的黑脊背在透明的水裡閃著光，活像一條小銀魚。

小鳥潛入河底，用尖銳的腳爪抓著沙子，在河底跑了起來。牠在一個地方停留一下，用嘴把小石子翻了過來，從石子下捉出一隻烏黑的水甲蟲。

不一會兒，牠已經從另外一個冰窟窿鑽出來，跳到冰面上了。牠抖了抖身上的水，若無其事地又唱起快樂的歌謠。

我們的森林記者想：「這裡大概是溫泉，小河裡的水熱呼呼的吧？」便把手伸進冰窟窿裡。可是，他立刻把手從冰窟窿裡縮了回來，他的手被冰冷的河水凍得發疼。

這時他才明白：他面前的這隻小鳥，是一種會潛水的燕雀，名叫河烏。

這種鳥，跟交嘴鳥一樣，也不用服從自然法則。牠的羽毛上蒙著一層薄薄的脂肪油。當牠潛入水中的時候，那油膩的羽毛就會起泡泡，閃著銀色的光。河烏彷彿穿了一件空氣做的衣服，所以，即使在冰水裡，牠也不覺得冷。

在列寧格勒州，河烏是稀客，只有在冬天時，牠們才會登門拜訪。

冰屋頂下的世界

讓我們來關心一下魚兒吧！

整個冬天，魚兒都睡在河底的深坑裡，牠們頭上是結實的冰屋頂。有時（大多是冬季即將結束的二月分）在池塘和林中湖泊裡，牠們會感到空氣缺乏。於是，氣喘吁吁的魚兒游到冰屋頂下，痙攣地張開圓嘟嘟的嘴，用嘴唇捕捉冰上的小氣泡。

魚兒也可能全部悶死在水裡。這樣的話，到了春天，冰雪消融後，你帶著釣竿到這樣的水池邊釣魚，就沒有魚兒可以釣了。

因此，請記得魚兒吧！在池塘和湖面上鑿幾個冰窟窿。還要注意別讓冰窟窿再度結凍，好讓魚兒有空氣可呼吸。

春天的前奏

這個月末，雖然雪還是積得很深，但已不再潔白如玉、閃閃發亮。現在，積雪的顏色變灰，失去了光澤，而且開始出現蜂窩般的小洞。掛在屋簷上的小冰柱，卻在逐漸變大，小水滴從冰柱上慢慢地流下來，地面上還出現了小水窪。

太陽露臉的時間越來越長，陽光也越來越暖和。天空已不是青白的、冰冷的冬季顏色，而是一天比一天藍。天上的雲也不再是冬季的灰色，它們開始變得一層層的，如果仔細看的話，有時還可以發現結實的積雲飄過天空。

一出太陽，窗外就響起山雀歡快的歌聲：「脫掉皮襖！脫掉皮襖！」夜晚，貓兒在屋頂開音樂會，或是打群架。

森林裡，不時傳來一陣五彩啄木鳥喜氣洋洋的鼓聲。雖然牠只是用嘴敲敲樹幹，但是聽起來，還挺像一首歌呢！

在密林深處，在冷杉和松樹下，不知是誰在雪地上畫了一些神祕的符號、難解的圖案。當獵人看見這些符號和圖案時，他的心會突然抽緊，緊接著怦怦亂跳起來。

這可是長著鬍子的「林中大公雞」松雞留下的蹤跡呀！牠那對插滿硬羽毛的有力翅膀上，在春季的冰層上劃過了一道痕跡！也就是說，松雞即將開始交配，神祕的林中音樂馬上就要響起。

最後時刻收到的特快電報

城裡出現了候鳥的先鋒部隊——白嘴鴉。冬天結束了，森林正在慶祝新的一年到來。

現在，你可以從頭閱讀《森林報》。

【打靶場】問答遊戲十二

①堆積的白雪原本可以為動物們帶來溫暖，但白雪也可能變成動物們的敵人，為什麼呢？

②哪一種鳥會鑽到冰下的水裡覓食？

③為什麼人們要在池塘和湖面上，鑿出冰窟窿呢？

解答：101 頁

森林報學習單

維・比安基（了解作者與作品）

1. 作者透過與護林員的接觸，瞭解更多森林知識。你知道成為護林員需要哪些條件嗎？他們平常的工作內容有哪些？

2. 維・比安基熱愛大自然，投入畢生的熱情鑽研學習。你有熱愛的事物嗎？你會透過哪些方式去瞭解它呢？

3. 作者在旅行期間透過與人交流來瞭解自然生態相關的事情。你在旅行期間會做什麼特別的事嗎？比如拍照紀錄？寫日記？還是與當地人聊天？

森林報（故事內容的回顧）

1. 你覺得《森林報》這些報導內容對你有哪些幫助？

2. 〈歌唱舞蹈月〉這個篇章中的「森林樂隊」是由哪幾種動物組成？牠們的聲音特徵是什麼？

3. 〈儲備糧食月〉中，提及的「沒有螺旋槳的飛機」指的是哪一種動物？為什麼牠會有此稱呼？

森林生態（假如故事內容發生在自己身上會怎麼做？）

1. 如果你有機會像故事中的森林記者一樣，近距離觀察自然生態，你最想觀察什麼生物？為什麼？

2. 文中將龍捲風比喻成大象，臺灣也會使用「地牛翻身」來形容地震。你覺得地震還可以用什麼動物來比喻？你會如何描述？

3. 蜉蝣用了三年的時間長大，成年後，卻僅一天便會殞落。你還知道有哪些生物的生命期也很短嗎？

四季挑戰（故事困境的延伸）

1. 《森林報》中的生物們，針對四季的變化發展出許多應對方法。在日常生活中你曾遭遇過怎麼樣的難題？你當時用了什麼方法來解決？

2. 刺魚爸爸為了保護孩子而奮不顧身；山鶉媽媽假裝受傷，將人類從孩子身邊引開。你覺得父母給予你哪些保護？

3. 森林有自己的生存法則，萬物遵循著法則求生、成長。生活在這個社會中的你，也有自己的「生存法則」嗎？是什麼呢？

刊物主題（故事內容的延伸）

《森林報》的主題內容是森林新聞；財經報紙的主題內容是財經新聞；美容雜誌的主題內容是髮型、化妝品與保養，讀者們會根據自己的需求和喜好選擇閱讀不同的刊物。

1. 你會想做什麼主題的刊物？為什麼？

2. 你的刊物能吸引哪些客群呢？

3. 刊物的第一篇文章會是什麼？標題叫什麼名字？有什麼內容？

你看到的世界（活動）

《森林報》中的四季充滿萬物的生機與自然的美妙，包含了許多飛禽鳥獸和昆蟲的故事。請你試著找看看，周遭有什麼物件能分別代表春、夏、秋、冬，可以將它黏在書中紀念，也可以放入容器。或者，叫上你的家人朋友一起尋找四季的代表物，瞭解大家對於四季有什麼不一樣的認知！

打靶場問答遊戲解答

【打靶場】問答遊戲一

①骯髒的雪。
②白山鶉。
③冬天的雪地裡，雪兔還沒換毛之前。

【打靶場】問答遊戲二

①灰綠色；相貌醜陋。
②因為兔子在大河結冰時來到島上，卻沒有在融冰之前回到岸上。
③因為雄野鴨聽到雌野鴨的叫喚就會飛來，而獵人可趁機狩獵雄野鴨。

【打靶場】問答遊戲三

①蚱蜢的足部長著小鉤子，翅膀上有鋸齒。每當牠用腿摩擦翅膀時，就會發出「喀嚓喀嚓」的響聲。
②尾巴。
③長腳秧雞。

【打靶場】問答遊戲四

①夏至。

②水黽在水底下的水草間結成網，再浮到水面上，用毛茸茸的腹部帶回氣泡，最後把氣泡儲存在網下，就完成了！

③狐狸趁老獾出外覓食，在老獾家便溺，而愛乾淨的老獾受不了骯髒，只好離開了。

【打靶場】問答遊戲五

①山鶉媽媽假裝成受傷的樣子，讓人類以為可以輕易捕捉，藉此把人類的注意力轉移到自己身上。

②布穀鳥。

③蠑螈和蜥蜴。

【打靶場】問答遊戲六

①八月。

②把蜘蛛絲收回，用小爪子纏繞到身體下方，變成一團蜘蛛絲小球，就可以降落了。

③蜉蝣。

【打靶場】問答遊戲七

①白楊樹、樺樹。
②兔子。
③因為牠們的犄角像犁似的又大又寬。

【打靶場】問答遊戲八

①冷血動物。
②伶鼬。
③核桃鴉。

【打靶場】問答遊戲九

①地面上。
②兔子踩著原本的腳印倒退回去；「雙層腳印」。
③先把毬果塞進樹縫裡固定住，再用嘴啄食。

【打靶場】問答遊戲十

①因為雪地上的腳印非常明顯，若沿著腳印走，較容易發現獵物。
②因為狐狸受不了鼬鼬的味道。
③白鷓鴣。

【打靶場】問答遊戲十一

①鷗鴞怕狐狸；狼怕熊。
②不是。
③因為年紀較長的交嘴鳥長年攝取富含松脂的毬果，而松脂具有防腐的作用。

【打靶場】問答遊戲十二

①越積越厚重的雪會壓斷樹枝，可能因此讓動物們受傷。
②河烏。
③讓魚兒有空氣可呼吸。

柳林風聲

目 錄

第一章　新朋友

整個上午，鼴鼠都在屋子裡忙個不停。他把家裡上上下下、裡裡外外都打掃了一遍，累得腰酸背痛。這時春天氣息透過泥土，鑽進了他的小屋，在空氣中四處飄蕩，外面的世界好像有一種奇妙的力量在召喚著他。

「什麼春季大掃除，我不管了！」鼴鼠把手裡的刷子往地上一扔，迫不及待地衝出小屋。只見他手腳並用、連爬帶鑽，終於把鼻子露出地面。

「出來嘍！」他一邊歡呼著，一邊從地裡鑽出來，在軟軟的草地上打著滾。微風輕撫，陽光照得他渾身暖洋洋的。春天是多麼美好呀！

「哇！太棒了！」鼴鼠跳起來，邁開腳步向前飛奔。他跑過一片又一片的草坪。花朵含苞待放、綠葉生機勃勃、鳥兒築巢歡唱，一切都美如夢境。

一條蜿蜒奔流的大河出現在鼴鼠面前。水流不時撲向巨石，濺起水花，繞過灘地，吐出漩渦；波光粼粼的河水正嘩啦啦地唱著歌，歡快前行。鼴鼠從沒見過這麼寬闊、美麗的河流。他沿著河岸，跟著河水一路向前跑，就像孩子追在大人身後，想要聽河水講一段引人入勝的故事一樣。

終於，鼴鼠跑累了，在岸邊的草地上坐下來，悠然自得地朝著河的對岸張望。忽然，鼴鼠注意到對面的河岸上，有個高出水面的黑色洞口。一個亮晶晶的小東西在洞裡一閃一閃。鼴鼠正在猜想的時候，那個亮點竟然對他眨了一下，是眼睛！接著，眼睛的四周也漸漸地清楚起來。

那是一張棕色的小臉，腮邊有幾根小鬍鬚，一對小巧的耳朵，和一頭絲絨般濃密的毛髮。原來是河鼠！就這樣，他們隔岸相望，謹慎地打量彼此。

「嗨！鼴鼠。」對方先說話了。

「嗨！河鼠！」鼴鼠答道。

「鼴鼠，你願意來我這邊玩嗎？」河鼠問。

「唉！你說得可真輕鬆。」鼴鼠無奈看著寬闊的河面。

河鼠彎腰解開一條繩子，一艘小船不知從哪裡被輕輕地拉了出來。他坐進船裡，動作嫻熟地把船划到對岸來，穩穩地停了下來。

河鼠向鼴鼠伸出一隻前爪，說：「扶好了，輕輕地跨進來吧！」鼴鼠小心翼翼地上船。沒想到，自己竟然坐在一艘船上，鼴鼠覺得又驚又喜。

「真是太美妙了！」鼴鼠說：「你知道，這是我生平第一次坐船呢！」

「什麼？」河鼠驚訝得張大嘴巴嚷道：「那你平時都在做什麼？」

「坐船真有這麼好？」鼴鼠略帶羞澀地問。

「這是天底下最美好的事了！」河鼠划起槳來，「這世上再也沒有比這更好玩的事情了！什麼事也不做，只是划著船隨意漂啊……漂啊……」他陶醉地喃喃自語著。

「注意前面！」鼴鼠驚叫一聲。

可是已經太遲了，小船一頭撞上岸邊。剛才還沉醉其中的河鼠，現在跌得四腳朝天。

河鼠自己大笑起來，往下說：「重要的是，你可以沒有任何目的地，隨便去哪兒都行。這樣吧！你要是沒事，我們就一起划到下游去逛逛，怎麼樣？」

鼴鼠高興得晃著腳丫子。「今天我可要痛痛快快地玩一整天！」鼴鼠挺著胸，愜意地靠在柔軟的坐墊上，「我們現在就出發吧！」

「稍等我一下！」河鼠說。他把纜繩繫在岸邊的一個環上，然後爬進自家洞裡。

沒多久，他搖搖晃晃地捧著一個裝得滿滿當當的午餐籃出來。「把這個籃子放到你腳下去。」他上船把籃子遞給鼴鼠說。隨後，他解開繩索，又握起槳划了起來。

「裡面裝了什麼？」鼴鼠好奇地扭著身體問。

「冷雞肉、冷火腿、冷牛肉醃小黃瓜、沙拉麵包捲三明治、啤酒和檸檬蘇打……。」河鼠一口氣回答說。

「夠了！夠了！」鼴鼠興奮地說：「太多了！」

「你真覺得太多了？」河鼠一本正經地問：「這只不過是我平常短途出遊帶的分量而已！」

鼴鼠已經聽不進河鼠的絮絮叨叨，他沉浸在新奇的環境中，陶醉在粼粼的波光、空氣中的氣味和聲音，還有溫和的陽光裡。他把一隻腳爪伸進水中，悠然地享受著。河鼠穩穩地划著槳，不再打擾鼴鼠。

「對不起，你說什麼？」約莫半個鐘頭後，鼴鼠才從白日夢裡清醒：「你一定覺得我很沒禮貌，這一切都是如此新奇。原來，這——就是一條河！你真的住在河邊嗎？這種生活多愜意呀！」

「我生活的一切就是這條河！」河鼠說：「這條河，就是我的親人、朋友，是我的食物、飲水，也是我的盥洗室。它是我的整個世界，春夏秋冬，總能帶給我無限樂趣。二月漲潮的時候，濁黃的河水從我臥室的窗前流淌而過。等退潮以後，留下一灘灘爛泥，聞起來像烤草莓餅的氣味；同時，河道淤積著水草，我可以踩著它們在河床上閒逛，找到新鮮的食物，不會把腳弄濕！」

「這種生活過久了，你不會覺得無聊嗎？平常就只有你跟河，沒有人和你聊天。」鼴鼠壯著膽子問。

「無聊？那你就錯了！你初來乍到，當然不瞭解這裡的情況。」河鼠不以為意地說：「這個地方可熱鬧了！水獺、翠鳥、松雞們成天沒事就來找我，我都快應接不暇，沒有自己的時間了。」

「那是什麼地方？」鼴鼠指著河對岸一片黑漆漆的森林問。

「哦！那是『野樹林』。我們這些住在河岸的居民很少去那裡。」

「那裡的居民……脾氣不好嗎？」鼴鼠不安地問。

「讓我想想……」河鼠回答：「松鼠，不壞。兔子，有好有壞。當然，還有獾，他就住在野樹林的正中央，最好別去惹他。」河鼠意有所指地說。

「為什麼？有誰會去惹他嗎？」鼴鼠問。

「當然！像黃鼠狼、白鼬、狐狸。」河鼠說：「他們有時候不壞，我以前跟他們還是好朋友呢！不過他們不太講道義，你沒辦法永遠相信他們。」

「那麼，野樹林再過去的地方，又有些什麼？」聰明的鼴鼠換了個話題，不再追問。

「那是一個荒野世界，」河鼠說：「但是跟你我都沒有關係。我沒去過那裡，你也不可能去。好啦！『靜水灣』到了，我們就在這兒吃午餐。」

小船離開主河道，駛進一片好似被陸地環抱的小湖。在幽靜的水面下，盤根錯節的褐色樹根泛著微光。前方，一座銀色攔河壩高高隆起，壩下水花飛濺。再往前是一間有著灰色山牆的磨坊，旁邊一架水車不停地轉動著，有節奏地發出隆隆的聲響。大開眼界的鼴鼠激動得舉起兩隻前爪，驚呼連連。

他們一起上岸。河鼠平躺在草地，讓興致高昂的鼴鼠布置午餐。鼴鼠把餐布鋪在地上，將食物從籃子裡拿出來。每取出一樣，他都會發出一聲驚嘆。

　　鼴鼠狼吞虎嚥地吃了一會兒，又開始好奇地觀察四周。「你看！水面上有一串泡沫在移動。」鼴鼠有了新發現。

　　「泡沫？啊哈！」河鼠高興地叫了一聲，像在對誰打招呼一樣。

　　一隻水獺從岸邊的水裡冒出來。

　　「貪吃的傢伙們！」水獺朝食物湊過去說：「怎麼不通知我呀？」

　　「水獺，給你介紹一下，這位是我的朋友鼴鼠。」河鼠招呼道。

　　「很高興認識你。」水獺說：「河邊到處鬧哄哄的！今天我原本想到這裡來圖個清靜，沒想到又遇上你們兩個！」

　　水獺說話的時候，有一陣窸窣聲從矮樹叢那邊傳來。緊接著，一隻獾從矮樹叢後面探出頭來。

　　「快過來這裡！老獾先生。」河鼠喊道。

　　但是老獾向前邁了一、兩步，咕噥了一句：「哼！又是一群！」隨即又掉過頭，鑽進矮樹叢走了。

　　「老獾就是這樣，他不喜歡和人打交道。今天我們別想再見到他了。」河鼠有些失望地說，「嘿，水獺！今天還有誰到河上來嗎？」

　　水獺回答：「有。蛤蟆划著一艘嶄新的賽艇，一身衣服也是全新的！」他和河鼠對望了一眼，哈哈大笑起來。

　　「蛤蟆有段時間很迷駕帆船，」河鼠說：「後來他玩膩了，又迷上撐平底船。去年，迷上遊艇，還說自己後半輩子要在遊艇裡度過。可是他不管做什麼事，沒多久就會感到厭煩，然後又玩起新的花樣。」

　　「他人還不錯。」水獺補充說：「但就是沒耐性。」

　　就在這時，一艘賽艇映入眾人眼簾。划船的是矮胖的蛤螟，他的身體在船裡來回擺動，賣力地划著槳。

「像他這樣划船，用不了多久就會摔出船外的。」河鼠說。

「他肯定會摔出去。」水獺咯咯笑著說完，就消失了。

鼴鼠低頭看著河面。水獺的話音似乎還在耳邊，可是他剛才趴過的那塊草地卻已經空空如也。水面上又泛起了一串泡沫。

「好啦！我想我們該走啦！」河鼠說，仍是一副輕鬆自在的樣子。

夕陽西下，河鼠朝回家的方向悠然盪著雙槳，嘴裡低吟著詩句。看著河鼠划船，鼴鼠也躍躍欲試。他忽然說：「我也想划船！」

河鼠搖搖頭，微笑著說：「現在還不行，我的朋友，等你學會了再划吧！」

鼴鼠沒再說話，可是他見河鼠的動作那麼輕鬆，心裡有個聲音不停地嘀咕著：「我也能划得和他一樣好。」於是他突然跳起來，從河鼠手中奪過雙槳。河鼠因為沒有防備，仰面翻下座位，跌得四腳朝天。

「住手！」河鼠喊道：「你會把船弄翻的！」

鼴鼠把雙槳向後一揮，深深地插進水裡，只見他兩腳高高翹起，翻過頭頂，整個身體跌在河鼠的身上。他驚慌失措地伸出前爪去抓船舷，接著就聽到「撲通！」一聲，船底朝天翻覆過去，鼴鼠掉進了河裡！

啊，水好冷！鼴鼠直直地往下沉，水就在他的耳邊轟轟直響。這時，一隻強而有力的爪子抓住他的頸背，是河鼠把鼴鼠拉上岸。鼴鼠已經變成濕淋淋、軟綿綿的一團。

河鼠為鼴鼠擰掉一點毛髮的水，然後說：「現在，鼴鼠兄！爬起來，使勁地跑，直到身子暖和起來。」

於是，驚魂未定的鼴鼠開始在河邊來回跑。同時，河鼠再次跳進水中，把小船翻正、繫牢；又潛入水底，將午餐籃撈上岸。

等一切收拾妥當，再次啟航，鼴鼠垂頭喪氣、老老實實地坐在船尾。他吞吞吐吐、低聲地問：「河鼠兄，我寬宏大量的朋友，實在是對不起！你能不能原諒我這一次？」

「唉呀！這沒什麼。」河鼠答道：「你別放在心上。這樣吧！你來我家住一段時間。雖然我的家很簡陋，沒辦法和蛤蟆家相比。但我會好好招待你的。而且我還能教你划船、游泳。很快，你就能像我一樣，在水中來去自如。」

回到家，河鼠點燃客廳裡的爐火，讓鼴鼠坐在火爐前的一張扶手椅上，開始講起河上的種種軼事趣聞。對於在陸地上生活的鼴鼠來說，那些河的故事是多麼驚險有趣啊！

愉快地共進晚餐後，沒多久，鼴鼠就打起了瞌睡。殷勤周到的河鼠把他帶到樓上一間最好的臥室，鼴鼠一頭倒在枕頭上，立刻睡著了。河水不斷輕輕拍打著他床邊的窗櫺。

這一天，對於剛從地底解放出來的鼴鼠來說，只是一連串新奇冒險的序幕。隨著夏季的到來，白晝越來越長，還有更多精采的生活在等著他呢！

鼴鼠

身體矮胖，四肢短小，使用尖銳的爪子挖土掘洞，住在地下洞穴中。具有立體嗅覺感，能辨識空間中不同方位的食物味道。

第二章　見異思遷的蛤蟆

一個陽光明媚的夏日早晨，河鼠在河裡跟他的鴨子朋友一起游泳，他潛入水裡搔他們的下巴，惹怒了鴨子，最後鴨子要求他離開。河鼠只好坐在岸邊，吟唱著一首自編的小曲子，歌名叫〈鴨子歌〉。

鴨尾巴，鴨尾巴，
黃腳搖一搖，
黃黃扁嘴不見了，
埋進水裡抓魚忙。
泥巴濁，水草青，
鯉魚游啊游，
這裡是我們的糧倉，
清涼、豐盛又幽靜。

「河鼠兄，我想請你幫個忙。」鼴鼠忽然開口：「你能不能帶我去拜訪蛤蟆先生？聽你們說了那麼多關於他的各種事蹟，我也很想認識他。」

「沒問題！」好脾氣的河鼠一躍而起，立刻把作詩的念頭拋到腦後。

「去把船划出來，我們馬上登門拜訪。不論早晚，只要是去蛤蟆家做客，他都會和和氣氣地歡迎你。你離開時，他會說抱歉招待不周。」

「他一定是個非常好的人。」鼴鼠跨上船，提起雙槳。河鼠則安逸地坐到船尾。

「他的個性直爽又善良，也很重感情。」河鼠說，「雖然他並不聰明，還很愛吹牛，可是他也有很多優點。」

他們乘著小船繞過一道河灣，一幢華美古老的紅磚房出現在眼前。房子前面是平整的草坪，一直延伸到河邊。

「那就是『蛤蟆之家』。」河鼠說，「房子左邊有一條小支流，直通他的船屋，我們要在那裡停船上岸。右邊是馬廄，正前方是大宴會廳。蛤蟆的房子是這裡蓋得最豪華的住宅。」

小船徐徐駛進支流，來到一間大船屋的陰影下。他們看到許多漂亮的小船，有的掛在橫梁上，有的吊在滑道上，可是沒有一艘船停在水裡。看樣子，這裡已經被冷落很久了。

「我明白了，」河鼠環顧四周說道：「看來他已經厭倦划船了，不知道他現在又迷上了什麼新東西。走，我們去看看。」

他們上了岸，穿過鮮花盛開的草坪，在花園裡找到了蛤蟆。他正坐在一張籐椅上，聚精會神地盯著膝上的一張大地圖。

「啊哈！」看到他們，蛤蟆跳了起來，不等河鼠開口，就熱情洋溢地和他們握手。「河鼠，我正要派船到下游去接你過來。我現在非常需要你們兩位。快進屋吃點東西吧！」

河鼠一屁股坐在一張扶手椅上，說：「讓我們先坐下來歇一會兒吧！」

鼴鼠坐在旁邊的另一張扶手椅上，客套地讚美蛤蟆的住宅。

「這是沿河一帶最豪華的一幢房子了。」蛤蟆粗聲粗氣地說道：「你在其他地方，根本找不到這麼舒服的房子。」

河鼠用胳臂頂了頂鼴鼠。這個小動作被蛤蟆看見了，蛤蟆的臉一下子漲得通紅，接著是片刻尷尬的沉默。「好啦！河鼠，你知道我說話就是這個德行。況且，這房子的確也挺好的，不是嗎？」蛤蟆很快就大笑起來，「你們兩位來得正好，你們得幫我這個忙，這事非常重要！」

「是有關划船的事吧？」河鼠故意裝糊塗，「雖然你划起槳來還是會濺起不少水花，但是你進步得很快，只要再有點耐心，有教練指點你，你就……」

「哼！什麼船！」蛤蟆一臉厭惡的表情，「那是小男孩才會玩的傻玩意兒。我早就不玩了。我已經找到一件真正有意義的事，值得作為終身職業。我打算把人生下半場全用來做這事。一想到過去我把那麼多的時光，浪費在無聊的瑣事上，我真是後悔莫及。跟我來吧！親愛的朋友們。」

蛤蟆領著他們走到馬廄。只見一輛嶄新的吉卜賽篷車從馬車房裡被拉出來，淡黃色車身，點綴著綠色紋飾，車輪則是大紅色的。

「你們看！」蛤蟆挺著肚皮喊道：「這輛小馬車會告訴你們什麼才是真正的生活！直通天際的長路、遼闊起伏的草原、村莊、都市，有了這輛車，什麼都可以見到，今天在這裡，明天到那裡，旅行、變化、新鮮、刺激！快上車看看裡面的設備吧！全是我自己設計的。」

鼴鼠迫不及待地跟著蛤蟆上了車。河鼠則把手插在褲子的口袋裡，站在原地沒動。

車廂裡的設備確實很齊全。不僅有床鋪、家具、各式各樣的炊具，鳥籠裡還有一隻小鳥，吃的、用的一應俱全。踩著踏板下車時，蛤蟆還告訴他們：「等到我們今天下午啟程時，你們就會知道，這車子裡是應有盡有。」

河鼠不疾不徐地說：「我好像聽見你說『我們』、『啟程』、還有『今天下午』？」

「好啦！我親愛的好夥伴，」蛤蟆央求著：「別說風涼話啦！你明明知道，如果沒有你們，我應付不了這麼一大堆事。求求你啦！這事就說定了。你總不能一輩子守著那條乏味的河，待在黑漆漆的洞裡，看著一艘小破船吧？」

「我才不稀罕呢！」河鼠固執地說：「我就是不要跟你去！我就是要住在洞裡，就是要划著小船、守著那條河。鼴鼠也和我一樣，對不對，鼴鼠？」

「那當然！我會永遠陪著你，一切都聽你的。」鼴鼠誠摯地說：「不過，這車看起來挺有趣的。」自從第一眼看見這輛篷車和它的全套裝備，鼴鼠就喜歡上它了。看出鼴鼠的心意，河鼠的決心也動搖了，因為他不願意讓好朋友鼴鼠失望。蛤蟆把他們的心思都看在眼裡。

「先進屋裡吃午餐吧！」蛤蟆趁機開口，「我們可以慢慢商量這件事。」

吃飯時，蛤蟆自顧自地高談闊論，把旅行的樂趣描繪得天花亂墜，鼴鼠被他唬得一愣一愣，激動萬分，幾乎都快坐不住了。

三個夥伴達成協議，把旅行的事定下來。雖然河鼠還心存疑慮，但他不忍心讓兩位朋友掃興。他們開始深入地商討起旅行的詳細計畫。

蛤蟆帶著夥伴們去馬廄牽來一匹老馬，把馬車套好。萬事俱備後，他們便出發了。

他們邊坐邊聊，心情愉快，在燦爛的陽光下，連馬車經過時飛揚起來的塵土，也散發出讓人心曠神怡的氣息。天色漸晚，他們在一處僻靜、廣闊的空地上停下稍作休息。坐在草地上，蛤蟆開始大談他對未來幾天的打算。夜深了，他們鑽進篷車內，爬上各自的床鋪。

「夥伴們，晚安！這才是真正的生活，別再談你的那條老河啦！」蛤蟆睡眼朦朧地說。

河鼠慢吞吞地說：「可是我的心裡還是一直想到它。」

鼴鼠從毯子下伸出爪子，在黑暗裡摸到河鼠的爪子，輕輕捏了一下。鼴鼠悄悄地說：「明天一大早，我們就偷偷溜走，回我們最愛的河邊，好嗎？」

「不！多謝你的好意。」河鼠悄聲回答：「我得陪著蛤蟆到最後，丟下他我不放心。不過，不會很久的。他的這些怪念頭，向來都維持不了多久。」

果然，旅行結束得比河鼠想的還快。

第二天下午，他們穿過田野，開上馬路。這是他們遇到的第一條大馬路。在這裡，意想不到的災難突然降臨在他們身上。

當時他們正悠閒地在馬路上緩緩行進，鼴鼠和老灰馬並肩而行，蛤蟆和河鼠跟在車後。忽然，後面傳來一陣響亮的轟鳴聲，他們回頭一看，只見一個黑乎乎的影子，挾裹著一團滾滾煙塵，正以難以置信的速度衝向他們。

才一眨眼的工夫，伴隨著一陣狂風、一聲怒吼，那東西便猛撲上來，把他們逼到路旁的溝渠裡。「噗噗」的聲音夾著大喇叭發出的巨響，震動著他們的耳膜。原來是一輛光鮮亮麗的汽車，在他們眼前一晃而過。頃刻間攪起一團遮天蔽日的塵雲，把他們裹在裡面，什麼也看不見。接著，它迅速遠去，消失得無影無蹤。

那匹慢悠悠的老灰馬，因為突然受驚而變得暴躁起來。牠不停地前後跳躍，硬是把篷車推到了路旁的深溝邊。車晃了晃，接著便是一陣驚天動地的破碎聲，給他們帶來驕傲和歡樂的車子，整個橫躺在溝底，成了一堆殘骸。

河鼠揮舞著拳頭暴跳如雷：「惡棍！壞蛋！強盜！我要控告你！」

蛤蟆一屁股坐在地上，雙眼直直望著汽車消失的方向。他的呼吸急促，臉上卻是一副嚮往的表情。

「多麼激動人心的景象啊！」蛤蟆嘟囔著：「這才叫真

正的旅行！一座座村莊、一座座城鎮，飛馳而過，新的景物不斷出現！多幸福啊！」

「我們該拿他怎麼辦？」鼴鼠問河鼠。

「什麼也不用做。」河鼠簡單明瞭地說，「我太瞭解他了，他已經著了魔，之後幾天都會這樣瘋瘋癲癲的，我們還是去看看要怎麼收拾那輛車吧！」

經過仔細檢查，他們發現篷車已經破損得一塌糊塗，無論如何都沒辦法再上路了。

河鼠一手牽著馬，一手提起鳥籠，和籠裡那隻驚恐萬分的小鳥。「走吧！」河鼠一臉嚴肅地對鼴鼠說：「離最近的小鎮還有五、六里遠，我們只能用走的。」

「蛤蟆怎麼辦？」鼴鼠不安地問：「我們總不能把他扔在馬路中央不管吧？那樣太危險了。萬一再來一輛汽車怎麼辦？」

「哼！管他的！」河鼠氣呼呼地說：「我跟他已經一刀兩斷啦！」

可是，他們沒走多遠，蛤蟆就追了上來。他仍舊氣喘吁吁，兩眼發直、呆呆地盯著前方。

「你聽著，蛤蟆！」河鼠厲聲說：「我們一到鎮上，你就馬上去警察局，打聽那輛汽車是誰的，然後控告他們。接著，你得去找一個鐵匠或修車輪匠，把馬車給修理好。」

「警察局！報案！」蛤蟆喃喃自語：「要我去控告這天賜的完美禮物？修馬車？我和馬車已經永遠說再見啦！」

「看見了嗎？」河鼠無可奈何地對鼴鼠說：「他真是無可救藥。算了，等我們到了鎮上，就去火車站。我今後再也不跟這個可惡的傢伙一起出去玩了！」河鼠一說完，生氣地哼了一聲，就再也不理蛤蟆了。

一到鎮上，河鼠和鼴鼠便直奔火車站。他們把馬寄放在一家旅店的馬廄裡，接著搭上一列慢車。等火車到站後，他們把神情恍惚的蛤蟆護送到家，吩咐管家照顧好他，最後划著自己的小船，返回家中。

第二天，傍晚的時候，鼴鼠在河邊釣魚，河鼠來了。他想找他的好朋友談天，他已經找他一會兒了。

「你聽到這件新聞沒有？」他走到鼴鼠身邊說，「沿著這條河，所有的動物都在談這件事，今天一大早，蛤蟆乘第一班車進城去了。他訂購了一輛最豪華的大汽車。」

河鼠

棲息在河岸濕地，與海狸鼠長相相似，差別在於河鼠尾巴細長。河鼠會使用樹枝、草根、石頭和泥巴構建水壩、打造池塘，在裡面建立巢穴。

第三章　野樹林驚魂

鼴鼠一直想要認識獾。他總覺得獾是個重要人物，雖然住在這一帶的動物不常見到他，但獾對他們都有一種無形的影響力。可是每當鼴鼠提出這個想法，河鼠都推三阻四的。

「能不能請他來吃頓飯？」鼴鼠問。

「他不會來的，」河鼠乾脆地說：「他最討厭交際應酬了。」

「如果我們去拜訪他呢？」鼴鼠提議。

「我肯定他不願意。」河鼠連忙說：「再說，我們也去不了呀！因為他住在野樹林的最深處，路途遙遠。而且每年這個時候，他也不在家。你還是耐心等待，總有一天他會來的。」

鼴鼠只好耐心等待，可是獾一直沒來。漫長的夏天過去了，寒冷、秋霜和地上的泥濘，使他們經常得待在家裡。高漲的河水從窗外流過，又快又急。鼴鼠發覺他始終忘不了獨自在野樹林裡生活的獾。

每到冬天，河鼠都很早上床，很晚起來，睡得特別多。白天，他就寫詩或做家事。經常也有些動物順路來坐坐，大家互相評論夏天所經歷的事。

夏天是多麼的絢麗多彩！大河兩岸彷彿行進著一支盛裝的遊行隊伍，展示出一場接一場美麗如畫的景觀。紫色的珍珠菜散開豐美的秀髮，垂掛在鏡面般的河水邊沿；婀娜的柳蘭，豔若桃色的晚霞；白色、紫色的雛菊手牽著手，悄悄地露出笑臉。

炎炎夏日的中午，躺在灌木叢的綠蔭下休憩時，陽光透過濃蔭，灑下小小的金色斑點；朋友們在一起自在地划船、游泳、漫遊、聚會。

每當這時候，鼴鼠都會想到那只獾：在野樹林裡獨自過日子，那該多寂寞啊。

某天下午，河鼠坐在爐火邊打瞌睡，鼴鼠暗下決心，獨自出門去探訪那座野樹林。他悄悄溜出客廳，來到屋外。四周是一片光禿禿的原野。天空布滿灰雲，他雀躍地朝著野樹林快步前進。枯枝在他的腳下劈啪斷裂，橫倒的樹幹絆著他的腿，長在樹樁上的菌菇就像鬼臉，常常嚇他一跳，這一切都讓鼴鼠覺得新奇又興奮，吸引著他一步步進入樹林幽暗的深處。

樹木越來越密，暮色迅速地掩蓋過來，日光像退潮般匆忙遠離。鼴鼠加快腳步，提醒自己千萬別胡思亂想。他走過一個又一個洞口。一張小尖臉，一對凶狠的眼睛，在一個洞裡閃了一下，又不見了。鼴鼠遲疑了一下，又壯著膽子繼續往前走。可是突然間，目光可及的幾百個洞裡，似乎都有一張張忽隱忽現的臉，所有的眼睛都在敵視他。

接著，從身後很遠的地方，傳來了尖銳而細微的哨音。鼴鼠猶豫地停住腳步。隨後，他又聽到了「啪嗒、啪嗒」的聲音。他側耳傾聽，突然，一隻兔子穿過樹林飛奔過來，從他身邊跑過，幾乎要撞上他，隨即鑽進鄰近一個洞穴裡，不見了。

啪嗒啪嗒聲越來越響，如同冰雹，砸落在鼴鼠四周的枯枝敗葉上。整座樹林彷彿都在狂奔、追逐。

鼴鼠害怕極了，他拔腿就跑，毫無方向，到處胡亂地碰撞著，直到在一棵老山毛櫸樹下找到一個深深的黑洞，他這才停了下來。

鼴鼠蜷縮在洞中的枯葉裡，渾身發抖。他這時才恍然大悟，這就是當初河鼠為什麼要苦口婆心地勸他，別到野樹林的原因。

這時候，在暖和的爐火邊，愜意休息的河鼠醒來了。他環顧四周，發現鼴鼠不在家裡。他走出屋子，仔細察看，在泥濘的地面上，找到了鼴鼠的小靴子留下的足跡。那足跡直直朝著野樹林的方向而去。

河鼠站在原地，神情嚴肅地沉思了一、兩分鐘。隨後他轉身進屋，將一根皮帶繫在腰間，往皮帶上插了幾把手槍，又從大廳的一角拿起一根粗木棒，便朝野樹林走去。

天色已經昏暗下來，河鼠毫不猶豫地鑽進野樹林裡。他焦急地東張西望，尋找鼴鼠的蹤跡。剛走進森林時，口哨聲和啪嗒啪嗒聲還是很清楚，現在漸漸消失了。整個野森林變得非常安靜。

河鼠仔細地搜索著，嘴裡不停地大聲呼叫：「鼴鼠，你在哪裡？」終於，河鼠聽到了微弱的回應。他循著聲音的方向，找到那棵老山毛櫸樹下的樹洞。

「河鼠，真的是你嗎？」洞裡傳出一個微弱的聲音。

河鼠爬進洞裡，找到精疲力盡、渾身顫抖的鼴鼠。

「你不該到這裡來。」河鼠安慰驚魂未定的鼴鼠，「我們河邊動物從來不會單獨到這裡來。來之前，你得先學會上百種防身技巧，還要帶上裝備才行，否則會遇上麻煩的。」

「勇敢的蛤蟆先生應該敢自己來吧？」鼴鼠問

「他？」河鼠哈哈大笑：「哪怕給他滿滿一個帽子的金幣，他也不會來。」

聽到河鼠爽朗的笑聲，又看到他手中的木棒和銀亮的手槍，鼴鼠的精神才振作起來。

「趁天色還有一絲亮光，我們趕緊回家，千萬不能在這裡過夜。」河鼠說。

「可是我實在太累了。」可憐的鼴鼠說：「讓我在這裡多休息一下再走吧！」

「好吧！」好脾氣的河鼠說：「待會兒月亮出來後，路也更好走一點。」

於是鼴鼠鑽進枯葉堆，攤開四肢躺著，不一會兒就睡著了。河鼠握著手槍，在旁邊耐心守候他。等鼴鼠睡醒後，河鼠把頭探出洞口查看外面的動靜。

「糟了！」他低聲說道。

「發生什麼事了？」鼴鼠問。

「下大雪了。」河鼠簡短地回答。

只見樹林完全變了一個樣子。漫天飄灑著細細的白色粉末，那些曾經讓他們感到害怕的黝黑灌木叢、樹枝和樹幹、神祕的洞穴、窪地等等，現在都被一層晶瑩閃亮的仙毯給覆蓋了。

河鼠說：「這場雪讓我分不清我們現在的位置了。」

河鼠和鼴鼠互相攙扶著，勇敢向前進。在雪地裡走了大概一、兩個小時後，他們在一根橫倒的樹幹上坐了下來。他們累得渾身痠痛，在路上掉進坑裡好幾次，全身都濕了。但最糟糕的是，他們還是沒有找到離開野樹林的路。

河鼠朝四周看了看說：「前面有一個溪谷，我們到那裡找一處隱蔽的地方，避避風雪，休息一下，然後再想辦法走出野樹林。」

於是，他們又站起來，踉踉蹌蹌地走到溪谷，去尋找能躲避風雪的地方。突然，鼴鼠尖叫一聲，摔得滿臉是雪。

「哎喲！我的腿！」鼴鼠翻身坐在地上，用兩隻前爪抱住一條腿。

「讓我看看！」河鼠關切地俯身查看鼴鼠的腿：「你的腿受傷了，這傷口看起來像是被什麼鋒利的刀刃割到的。」河鼠沉吟了一會兒，觀察著四周的地形。

「不管是什麼割的，反正好痛。」鼴鼠已經痛得幾乎說不出話來。

河鼠用手帕小心地包好鼴鼠的傷腿後，就走到鼴鼠跌跤的地方，忙著在雪地裡刨起來。「太棒了！太棒了！」河鼠突然連聲喊著，高興地在雪地裡跳起來舞來。

「你找到什麼啦？」鼴鼠一瘸一拐地走過去，看河鼠刨出來的東西，「不就是一個放在屋子門口的刮泥墊嗎？這有什麼了不起？」

「難道你還不明白這表示著什麼嗎？」河鼠不耐煩地喊道。

「我當然明白啦！」鼴鼠回答：「這只不過說明，有個粗心大意的傢伙，把自家門前的刮泥墊丟在這裡，真是太迷糊了！」

看鼴鼠還沒想明白，河鼠無可奈何地又動手刨了起來。一陣雪花飛濺後，一塊破舊的刮泥墊從雪裡露了出來。「看啊！我說什麼來著？」河鼠洋洋得意地歡呼著。

「要是你想圍著它跳舞，那就趕快跳，跳完我們可以快點趕路。」鼴鼠不以為然地說：「一塊破刮泥墊有什麼用？能當飯吃嗎？能當毯子蓋嗎？還是說它能當雪橇坐上去一路滑回家嗎？」

「你一點也不知道這刮泥墊『告訴』你的事嗎？鼴鼠，聽著，別說廢話了！要是你今晚想有個乾爽暖和的地方可以睡覺，就跟著我繼續刨，這是我們最後的機會！」河鼠生氣地說。

河鼠拚命地用棍子猛挖身邊的一處雪堆。見狀，鼴鼠沒辦法，只好心不甘情不願地跟著河鼠一起刨起來。辛苦挖了大約十分鐘，河鼠手裡的棍子敲到了某樣東西，發出空洞的聲響，他趕緊叫鼴鼠過來幫忙。一陣埋頭苦挖之後，他們看到了令人吃驚的場景。

雪堆的旁邊，立著一扇墨綠色的小門。門邊掛著做為門鈴的鐵拉環，鐵拉環下有一塊小小的黃銅牌子，上面清晰地刻著幾個字：「獾寓」。

「河鼠！你真了不起！」又驚又喜的鼴鼠躺倒在雪地上大喊：「現在我全明白了！從我摔傷腿的那刻起，你就用你那充滿智慧的腦袋，一步一步尋找證據，證明了這個結果。你真是天才！我要是有你那麼聰明就好了！」

「別再說了。」河鼠毫不客氣地打斷他，「看見那條鐵拉環了嗎？快去拉！我來敲門。」

鼴鼠一躍而起，抓住鐵拉環，兩腳離地，整個身體吊在拉環上晃來晃去。一陣低沉的鈴聲好像從很遠的地方響了起來。

第四章　雪中送炭

為了使腳暖和，他們在雪地裡不停地跺腳。終於，一陣踢踢躂躂的腳步聲，緩緩地來到門邊。隨著拉門栓的聲音響起，門開啟了一條縫，露出一張長長的嘴和一雙惺忪睡眼。

「不早不晚，偏偏在這時候來吵人。是誰呀！」獾咕噥著說。

「老獾！」河鼠喊道：「是我呀！河鼠，還有我的朋友鼴鼠，我們兩個在雪地裡迷了路。」

「親愛的河鼠！」獾的聲調變得熱絡起來，「快、快請進來。哎呀！你們一定凍壞了。」

門外的河鼠和鼴鼠爭先恐後地擠進屋去。獾穿著一件長長的舒適睡袍，腳上踩著一雙破舊的拖鞋，爪子裡端著一個燭臺，親切地低頭看著他們。「這樣的夜晚，小動物們不應該出門。」他慈祥地拍拍他們的腦袋說：「跟我去廚房，那裡有爐火，還有晚餐。」

獾舉著蠟燭，在前面帶路。走過一條長長的通道，他們來到一間大廳。從這裡望不到盡頭，只能看到許多隧道通向四面八方，顯得幽深又神祕。大廳裡面有好幾扇厚重的橡木門，獾推開其中的一扇門，一間爐火通紅、暖意融融的大廚房，立刻出現在他們面前。

和善的獾讓他們坐到高背的長椅子上面，為他們拿來睡袍和拖鞋，還親自用溫水為鼴鼠清洗腿傷、包紮傷口。飽受暴風雪襲擊的兩個夥伴，宛如進入了安全的避風港。

等他們身子暖和起來的時候，獾已經預備好了一頓豐盛的晚餐。每樣食物都是那麼令人垂涎欲滴，早已饑腸轆轆的兩個人一邊往嘴裡塞著食物，一邊講述他們的遭遇。獾靜靜地聆聽，不時嚴肅地點點頭。

不久，他們吃飽了，三人圍坐在紅彤彤的爐火旁閒聊。獾親切地說：「跟我說說你們那兒的新聞吧！蛤蟆現在怎麼樣啦？」

「唉！越來越糟啦！」河鼠語氣沉重地說：「就在上星期，他又出了一次車禍。要是他肯雇個穩重幹練的動物為他開車，就什麼問題也沒有了。可是他偏不肯，還自以為是個天生的賽車手，才使得車禍接二連三發生。」

「發生過幾次車禍了？」獾問。

「已經有七次車禍了。」河鼠說，「一點也不誇張，他那間車庫裡堆滿了汽車碎片。」

「他都住過三次醫院了，」鼴鼠插嘴說：「罰款更是讓人想起來都害怕。」

「是啊！這也是個大麻煩，」河鼠接著說：「他雖然有錢，但還不是百萬富翁呀！他開車技術那麼糟糕，又完全不理會法律和交通規則，最後結果不是送命就是破產。獾大哥呀！我們是他的朋友，總該想個辦法吧？」

獾思索了一下，說：「你們都明白，我現在也愛莫能助呀！」

兩個朋友都明白且同意他的話，因為冬季是他們的「冬眠季」，不適合採取需要精力和腦力的行動。大家都需要冬眠的原因，一方面是受到氣候的影響，另一方面是在之前的季節，全身的精力都用到一點也不剩的地步。

「等到新的一年開始，我們就要對蛤蟆嚴加管束。」獾鄭重其事地說：「不許他再胡鬧下去。必要的話，我們得對他採取強制措施，一定要讓他恢復理智。啊！河鼠，你睏了嗎？」河鼠哆嗦了一下，驚醒過來。

「好吧！你們該上床睡覺了。」獾說，起身拿起平底燭臺，領著他們來到臥室。鼴鼠和河鼠馬上脫去身上的衣服，飛快地鑽進被子裡。

第二天，河鼠和鼴鼠很晚才起床去吃早餐。兩隻小刺蝟正坐在餐桌旁吃麥片粥。一見他們進來，刺蝟們立刻放下湯匙站起來，禮貌地行禮。

「坐下繼續吃你們的粥吧！」河鼠高興地說：「你們兩位小傢伙從哪裡來的？是不是在雪地裡迷路了啊？」

「是的，叔叔，」年紀大一點的那隻刺蝟說：「我和小比利在上學的途中迷了路。後來，我們碰巧來到獾先生家的後門，就鼓起勇氣敲了門，叔叔，因為大家都知道，獾先生的心腸很好。」

河鼠說：「外面天氣怎麼樣了？」

「噢！糟透了，外面的積雪非常深。」刺蝟說：「根本沒辦法出門。」

「獾先生去哪了？」鼴鼠一邊問，一邊用爐火熱咖啡。

「他去書房了，先生。」刺蝟回答說：「他說他上午很忙，我們最好別去打攪他。」

大家對此都心領神會，獾現在一定是舒舒服服地躺在扶手椅上，忙他在這個季節照例要「忙」的事——睡覺呢！

前門的門鈴大響，刺蝟比利去應門。廳裡傳出一陣跺腳聲後，水獺出現了。

水獺一下子撲到河鼠的身上，摟住他。「我就知道，一定能在這裡找到你們，」水獺興高采烈地說：「今天一早我就去了河邊，大家正驚慌失措呢！他們說，你和鼴鼠整夜不在家，必定是發生什麼可怕的事。可是我知道，大家遇到麻煩的時候，十之八九會來找獾，獾肯定知道一些消息。所以我就直奔這裡了。」

「那你穿過野樹林的時候，一點都不緊張嗎？」鼴鼠心有餘悸地問。

「緊張？」水獺大笑，「他們哪個要是敢碰我一下，我就叫他們吃不完兜著走！鼴鼠，給我煎幾片火腿吧！我真的餓壞了。而且我還有許多話想跟河鼠講呢！」

鼴鼠切了幾片火腿，讓刺蝟拿去煎。水獺和河鼠的腦袋湊在一塊兒，嘰嘰咕咕地開始聊起關於河的事情。

他們吃第二盤火腿的時候，獾打著呵欠進來。「已經到吃午餐的時候了，留下來和我們一起吃吧！早晨這麼冷，你一定餓了。」獾對水獺說。

「我都快餓壞了！」水獺回答，朝鼴鼠擠了擠眼。

「你們兩個小傢伙快回去找媽媽吧！」獾慈祥地對兩隻刺蝟說：「我找人護送你們回去。」臨走時，他還給了每隻刺蝟一枚六便士銅錢。

吃午餐的時候，鼴鼠被安排坐在獾先生旁邊。他趁機對獾表示，他在這裡感到非常舒適自在。

鼴鼠說：「一回到地下，心裡就覺得踏實多了，沒人會來煩你，地面上的事情就不必再去想它了。要是地底下待膩了，只要爬上去，地面上的一切都還在等著你！」

獾微微一笑說：「沒有什麼地方像地下一樣的安全、清靜。如果你想擴充一下住處，只要四處刨一刨、挖一挖；要是你嫌房子太大，只要堵住一、兩個洞就行啦！不會有誰來指指點點、說三道四，最重要的是不會受天氣的干擾。你瞧瞧河鼠，假如河水上漲個一、兩尺，他就得搬家。還有蛤蟆的家，雖然他的房子在這一帶是數一數二的，可是萬一房子失火或是被狂風吹壞了，蛤蟆該怎麼辦呢？他要去哪裡住？沒錯，到地面上去走走逛逛還可以，當然很好，可是無論怎麼樣，最終還是得回到地下來，這裡才稱得上是『家』！」

鼴鼠由衷表示贊同獾的看法，這讓獾對鼴鼠產生好感。獾告訴他：「吃過午餐，我帶你四處參觀一下。你一定會喜歡這個地方的。」

午餐過後，獾點燃一盞燈籠，叫鼴鼠跟著他走。穿過大廳，他們來到一條主隧道，兩邊是大大小小的房間。這個建築規模龐大，有著長長的通道、堅實的拱頂和許多塞滿東西的儲藏室，一切的一切，都讓鼴鼠感到眼花撩亂。

「我的天啊！」他驚嘆道：「你怎麼有時間和精力做這麼多的事？真是太令人驚訝了！」

「這些並不是我一個人完成的，」獾淡淡地說：「我只不過是根據自己的需要清掃通道和房間罷了。很久以前，在這片野樹林覆蓋的地面上，有過一座人類的城市。他們就在我們站著的這個地方生活。他們是一個很強盛的種族、很有錢，而且也是了不起的建築家，將城市建造成能永遠存在世界上的樣子。」

「後來他們怎麼樣了？」鼴鼠問。

「誰知道呢？」獾說。「人們總是來到一個地方，住上一陣子，繁榮起來，建造許多東西，然後又離開了。這是他們的生活方式，但是我們卻始終存在。早在人類的城市還沒建造以前，就有獾住在這兒，我們有耐心，一有機會，又回來了，現在這裡又有獾居住了。人們走後，經過一年又一年狂風暴雨的侵蝕，這座城市也不停地往下陷，一點一點地坍塌、消失。然後這片土地又漸漸往上升，地下的種子開始發芽了，長成大樹；溪流裹帶著泥沙，淤積堆疊，覆蓋地面。久而久之，形成了我們的家園。地面上也是如此，各種動物來了，看上這個地方，一起定居下來。現在野樹林裡已經住滿各種動物，有好也有壞，我想，你現在對他們多少也有些瞭解了吧？」

「是呀！」鼴鼠說，微微打了個寒顫。

「好啦！」獾拍拍他的肩頭說：「這是你第一次和他們

相遇。其實，他們沒那麼壞。我明天要去跟他們打招呼，那樣，你以後就不會再遇到麻煩了。我的朋友在這裡都可以來去自如，不受驚擾。」

他們回到廚房。因為惦記著自己的大河，河鼠很想趕快回家。他焦躁不安地來回踱步。「鼴鼠，我們得趁著白天趕緊回去。」他一見到鼴鼠和獾，就急切地說：「不能再在這裡多留一晚了。」

「沒問題，」水獺說：「我陪你們一起走。就算是蒙上眼睛，我也認得出這裡的每一條路。」

「河鼠，你不用急。」獾從容地說：「我的通道比你想的要長，還有一條近路可以走。」

接著，他提起燈籠，在前面領路，帶大家穿過一條彎彎曲曲的隧道，接著走了一段讓人疲憊的長路。最後，透過擋在隧道出口處垂掛的植物樹葉，他們終於看到微弱的天光。獾向他們匆匆道別後，迅速把他們推出地道，然後用枯枝敗葉把洞口隱蔽好，轉身回去了。

他們發現自己已經站在野樹林的邊界上。前面是一望無際的寧靜田野，再往前，就可以見到那條閃閃發光的河流。

水獺熟悉所有的小路，由他帶路，他們抄近路來到遠處的一個柵欄門邊。回頭眺望，只見一片黑壓壓的野樹林，嵌在廣闊的白色原野當中，顯得格外陰森恐怖。他們不約而同地掉頭轉身，往家的方向飛奔而去。

第五章　家的意義

暮色漸漸地籠罩大地，鼴鼠和河鼠仍在田野裡行走。當黑夜降臨時，他們循著一群綿羊的叫聲，走過一條平坦的小路，進入一座小村莊。

每間農舍裡的爐火光芒和燈光，透過低矮的格子窗，湧進沉沉的夜幕裡，映出一個個橘紅色的方塊。隔著窗戶望進去，屋裡的人圍坐在桌旁，有的在專心地工作，有的高聲談笑，每個人都顯得自在又從容。這一切都讓站在窗前、離家在外的河鼠和鼴鼠看得入迷，眼裡流露出渴望的眼神。

一陣刺骨的寒風竄進鼴鼠和河鼠的衣服，使他們如夢初醒。他們這才猛然意識到，他們還要走很長的一段路，才能回到自己的家。於是他們打起精神，走出村莊，重新踏入夜色沉沉的田野。

一想到路的終點，會有溫暖的爐火等待著他們，鼴鼠和河鼠沉默而堅定地繼續向前邁進。河鼠依舊在前面帶路，他微微聳著雙肩，兩眼緊盯著前方的道路，鼴鼠默默地跟在後面。

突然，一股神祕的召喚穿透幽暗，傳遞到鼴鼠身上，如同遭到電擊一般，讓他渾身震顫。他停下腳步，用鼻子四處嗅著，努力捕捉如游絲般傳來的氣味。很快地，他捕捉到這股召喚的來源，伴隨而來的，是如潮水般湧現的回憶。

這是家，鼴鼠的老家。自從他發現大河以後，就棄之不顧的家對他傳遞的召喚！就像一隻隻無形的小手，拉扯著他對準一個方向！啊！此刻，它一定就在附近。現在，歷歷往事在一瞬間湧上心頭，在黑暗中清晰地呈現在他眼前。老家儘管矮小簡陋，卻是他盡心建造的家園。這個家，顯然正思念著他、盼望著他回來。

「河鼠！」鼴鼠滿腔喜悅地喊道：「別走了！停下來！你快回來！」

「噢！快走吧！鼴鼠。」河鼠興沖沖地趕著路，絲毫沒有放慢腳步。

「請你別走，好不好？」可憐的鼴鼠苦苦哀求著，「你不明白！這裡是我的家，我剛才聞到了家的氣味，它就在這附近。我現在一定要回去！」

這時河鼠已經走得很遠，沒聽清楚鼴鼠在喊些什麼。

「不管你找到什麼，我們明天再回來看吧！」他回頭喊道：「我們現在不能停下來，馬上又要下雪了，而且這條路我也不太熟。快點跟上來吧！」不等鼴鼠回答，河鼠又悶頭繼續往前走去。

鼴鼠獨自站在路上，他的心像是快要被撕裂一樣。一邊是對朋友的忠誠，一邊是老家對他發出的呼喚。

鼴鼠只感到眼淚在他的心裡不停地堆積著。最後，他拋下那強烈的呼喚，痛苦地狠下心來，掉過頭，順著河鼠的足跡追趕而去，但從那裡飄來若隱若現的氣味，仍舊縈繞在他的鼻端，久久不退。

鼴鼠好不容易才追上河鼠。河鼠沒有察覺到鼴鼠的沉默和憂鬱的神情，只顧興高采烈地嘮叨著他們回家後晚餐要做些什麼。

走了一段路後，在經過路旁矮樹叢邊的一段樹樁時，河鼠停下腳步，關切地看著鼴鼠說道：「嘿！朋友，你看起來像是累壞了，怎麼連一句話也不說？我們在這裡坐著休息一下吧！」

鼴鼠在樹樁上坐下，竭力想控制住自己的情緒，可是無論他怎麼忍耐，眼淚還是一滴一滴地冒出來，最後他索性嚎啕大哭起來。

河鼠嚇呆了，「老朋友，發生什麼事了？快告訴我，讓我來幫幫你。」

鼴鼠的胸膛劇烈起伏著，斷斷續續哽咽地說：「我、我知道，我的家，沒有你的住處那麼舒適，比不上蛤蟆家那麼豪華，也不如獾的屋子寬大，可是它畢竟是我自己的家。剛才我聞到它的氣味，就在路上，在我喊你的時候，可是你就是不肯回頭，我只好將它丟下。我的心都要碎了，其實我們可以回去看它一眼的。可是你就是不肯回頭！」

更加劇烈的啜泣使鼴鼠再也說不出話來。

河鼠輕輕拍著鼴鼠的肩膀，沉默不語，眼睛直直地盯著前方。過了一會兒，河鼠難過地低語道：「現在我知道了。我真是……」

等鼴鼠的哭泣逐漸緩和下來，河鼠從樹樁上站起來說：「好啦！朋友，我們現在就出發吧！」說著，他就沿著原路往回走去。

「河鼠兄，你要去哪裡？」淚流滿面的鼴鼠驚訝地看著河鼠喊道。

「我們現在就去找你的家呀！」河鼠高興地說。

「噢！河鼠兄，快回來！」鼴鼠站起來追上河鼠。「沒有用的。天色太晚了，而且馬上又要下雪。我們還是想想河岸，想想你家裡的晚餐吧！」

「什麼河岸，什麼晚餐，我才不管呢！」河鼠誠心誠意地說：「哪怕要在外面待上一整晚，我也一定要找到你的家才行。」

說完，河鼠強硬地拉著鼴鼠往回走。他們回到先前的地方，河鼠停下來對鼴鼠說：「現在，用你的鼻子，用你的心來尋找吧！」

鼴鼠再次感受到一股微弱的、電擊般的感覺傳來，他後退一步，全神貫注地等待著，翹起微微顫動的鼻子，仔細嗅聞著空中的氣味。突然，他向前飛奔了幾步，之後又堅定的繼續向前走去。河鼠興奮地緊跟在鼴鼠身後。

鼴鼠用鼻子嗅著，像夢遊似的，在昏暗的星光下，跨過一條乾涸的水溝，鑽過一道樹籬，橫穿過一片曠野。在毫無預兆下，他猛地一頭鑽進地下。幸虧河鼠反應快，立刻跟著他向下鑽去。

地面下是狹長的地道，這裡有股刺鼻的泥土味道。他們走了很久才走到盡頭。鼴鼠點燃了一根火柴，藉著火光，河鼠發現他們正站在一塊乾淨的空地上，前方有一扇小門，門牌上寫著：「鼴鼠的家」。

鼴鼠點亮了從牆上拿下的一盞燈籠。河鼠環顧四周，看到他們站在一個前院裡。門的一側，擺著一張花園坐椅，另一側，有個石頭做的滾輪。牆上，掛著幾個鐵絲籃子，裡面有一些羊齒草；花籃之間的架子上擺著古代名人的石膏像。庭院中央有個圓圓的小池塘，池塘裡游著幾隻金魚；在池塘中央，還矗立著一個用許多海扇貝殼鑲嵌的柱子，頂端有一顆銀玻璃球。

鼴鼠把河鼠推進大門，點燃客廳裡的一盞燈。屋裡所有的東西都積滿厚厚的灰塵。看到狹小的屋子裡簡陋陳舊的擺設，鼴鼠沮喪地癱倒在椅子上，雙爪捂住鼻子。

他悲傷地哭道：「河鼠兄啊！我為什麼要在這麼寒冷的深夜，把你拉到這個窮酸的小屋來呢？如果不是因為我，你這時候早就回到河岸了！」

河鼠沒有理會鼴鼠的自怨自艾，他只顧著跑來跑去，四處察看。「這個住處真是太棒了！」他開心地大聲說：「設計得多巧妙啊！而且東西應有盡有，一切都井井有條！不過現在首先要做的，是將爐火升起來，這個讓我來做吧！你來負責把這裡打掃乾淨。我們開始動手吧！」

河鼠的熱情使鼴鼠大受鼓舞，他振作起來，認真地打掃擦拭。河鼠抱來木柴，很快就將爐火升起，他招呼鼴鼠過來烤火取暖。可是鼴鼠忽然又憂愁起來，他捂著臉，跌坐在一張躺椅上。

他嗚咽著說：「那晚餐要怎麼辦呀？我沒有什麼吃的可以招待你，連一點麵包屑都沒有！」

河鼠責備鼴鼠說：「不要一臉沮喪的樣子！剛才我還看見櫥櫃上有一把罐頭刀，既然有罐頭刀，難道還怕沒有罐頭嗎？快點打起精神來，跟我一起去找一找。」

於是他們開始翻箱倒櫃，最後，果然找到一個沙丁魚罐頭、一盒餅乾和一些德國香腸。河鼠還在儲藏室裡找出了幾瓶啤酒。

河鼠笑著說：「鼴鼠，快跟我說，你是怎麼把家布置成這麼舒適的？」

在河鼠忙著擺設餐桌時，鼴鼠滔滔不絕地說著，屋子裡每一樣東西的來歷，以及他自己在每一處的設計。他越說興致越高昂，把他們還要吃晚餐的事，都拋到腦後了。雖然河鼠的肚子很餓，但他還是裝作若無其事的樣子，認真地點著頭，不時地說著：「了不起！」、「太棒了！」

最後，他們終於坐到飯桌旁。正準備要打開沙丁魚罐頭的時候，庭院裡傳來一陣腳步聲和七嘴八舌的說話聲。

「現在大家站成一排，我喊一、二、三以後，就不要再咳嗽囉！」

鼴鼠驕傲地說：「一定是田鼠們來了，每年聖誕節的時候，他們總會挨家挨戶唱聖誕歌曲。」

「我們去看看吧！」河鼠跳起來，向門口跑去。他們一把門打開，眼前呈現一幅動人的節日景象。前院裡，幾隻小田鼠排成半圓形站著，他們脖子上圍著紅色羊毛長圍巾，前爪插在衣袋裡，小腳丫子輕輕跺著地面取暖。

當大門打開時，提著燈籠、年紀較大的田鼠出聲喊道：「預備！一、二、三！」他們用尖細的嗓音同聲唱起一首古老的聖誕歌曲。

鄉親們！外面天寒地凍，
請你把家門打開，
或許風雪會吹進來，
讓我們進去烤火取暖，
明朝喜樂滿盈！

約瑟在雪地奔波前進，
看見馬廄上有顆明星，
馬利亞就要臨盆，
茅屋乾草迎接她，
耶穌將要降臨！

他們聽到天使報告：
誰先歌詠救主誕生？
所有動物報佳音，
就在他們的馬廄裡，
明朝喜樂滿盈！

「唱得太好了，孩子們！」河鼠熱情地喊道：「都進屋子裡來吧！烤火取暖，吃點熱的食物。」

「對，快進來吧！」鼴鼠連忙跟著喊道。

但進到屋裡，鼴鼠頹喪地坐在椅子上，眼淚急得都快掉下來了。「唉！河鼠兄！我們沒有東西可以請他們吃呀！」

「沒關係，交給我吧！」河鼠一副主人的模樣，「嘿！這位提著燈籠的小弟弟，現在還有店鋪開門嗎？」

「當然有，先生！」那隻田鼠禮貌地回答。

「那好！」河鼠說：「你提著燈籠去，幫我買些……」接著他們嘀咕了一陣子，然後，河鼠遞給田鼠一把硬幣和一個購物用的大籃子。田鼠便提著燈籠，飛快地跑了出去。

其餘的小田鼠們在長椅上坐成一排，盡情享受著爐火的溫暖。這時，河鼠正忙著開酒瓶。燙酒、倒酒，每隻田鼠都邊喝邊嗆，邊哭邊笑。

鼴鼠向河鼠介紹說：「這些小傢伙還會演戲呢！戲全是由他們自編自演的。而且演得很棒。嘿！你站起來，給我們朗讀一段臺詞吧！」

那隻被點名的小田鼠害羞地站起來，咯咯笑著。他環顧四周，卻站在那裡不敢開口。無論同伴們怎麼鼓勵他都不管用，他還是克服不了怯場。這時，門開了，去購物的田鼠拎著沉甸甸的籃子，搖搖晃晃地走了進來。

等到籃子裡的東西全部傾倒在餐桌上時，就沒人再去提演戲的事了。幾分鐘後，在河鼠的指揮下，剛才還是空蕩蕩的桌面，已經擺滿美味佳餚。大家毫無顧忌地狼吞虎嚥。他們邊吃著晚餐邊聊著往事和近況。河鼠代替鼴鼠扮演著主人的角色，招呼客人們盡情享用美食。

小田鼠們的衣服口袋裡都塞滿了紀念品，在他們嘰嘰喳喳連聲道謝地告別之後，鼴鼠和河鼠把爐火重新燒旺，談起這漫長的一天裡所發生的事情。

河鼠打了個大大的呵欠，說：「我實在是太累了。鼴鼠兄，你的床在那邊對嗎？好，那我今晚就睡那張床了。」河鼠一邊說著，一邊爬進床鋪，立刻進入夢鄉。

躺在床上，鼴鼠環視著自己的房間。在溫暖的爐火照耀下，房間裡的一切都顯得那麼溫暖美好。他深刻地明白，河鼠是希望他瞭解，雖然這個家簡陋又狹小，可是對他而言卻非常重要。這裡永遠都是他的避風港。

他知道，他並不想放棄他的新生活——地面上廣闊的天地——他喜歡陽光的溫暖和空氣的清新；但他也知道，有一個家可以回來，對他來說更具有意義。這地方完全是屬於他的，不管他什麼時候回來，這裡的一切都會親切地歡迎他。

第六章　蛤蟆入獄

一個初夏的早晨，陽光燦爛，河裡漲滿了水。每一種綠苗似乎都被溫暖的陽光牽引著，匆忙地冒出地面。鼴鼠和河鼠天一亮就起床，為即將開始的划船季做準備。正當他們一邊吃著早餐，一邊熱烈地討論著當天的計畫時，獾突然登門造訪。

獾腳步沉重地踱進屋裡，神情嚴肅地望著兩位朋友。河鼠驚訝得張大了嘴巴，手裡的湯匙不自覺地掉在桌布上。

「時候到了！」獾嚴肅地宣布。

「什麼時候到了？」河鼠看了一眼壁爐上的鐘，緊張地問。

「你應該問『誰的時候到了』，」獾答道：「當然是蛤蟆！我說過，等冬天一過，我就要好好地管教他。」

「我想起來啦！」鼴鼠高興地說：「我們大家要去管教他，讓他變得清醒一點！」

「昨晚我得到可靠的消息，」獾坐在一張扶手椅上，接著說：「今天上午，又會有一輛超大馬力的新汽車，要開到蛤蟆家中讓他試車。我們得抓緊時間行動，去拯救蛤蟆。」

「說得對！」河鼠跳起來喊道：「我們要幫助他改邪歸正！不然的話，我們就跟他一刀兩斷！」

他們來到「蛤蟆之家」的大車道時，果然看到房前停著一輛閃閃發亮的鮮紅色汽車。他們剛走到門口，大門便突然打開，蛤蟆先生走了出來，他戴著防風眼鏡、帽子，穿著長筒靴，身上套著一件特大號的外套，一邊搖搖擺擺神氣十足地走下臺階，一邊戴上長手套。

「嗨！夥伴們，你們來得正是時候！」一看到他們，蛤蟆興高采烈地喊道。「跟我一起去兜風！呃——兜風⋯⋯」

看到幾位朋友全都板著臉，蛤蟆瞬間變得結結巴巴，說不下去了。

「把他弄進屋去！」獾大步走上臺階，嚴肅地吩咐河鼠和鼴鼠。蛤蟆一路掙扎著，被推進門裡。獾轉身對駕駛新車的司機說：「蛤蟆先生已經改變主意，不要這輛車了。」說罷，他跟著走進屋去，關上了大門。

在走道裡，獾對蛤蟆說：「現在，你先把這身奇裝異服脫掉！」

「我才不要！」蛤蟆怒氣衝衝地說：「你們為什麼要干涉我？」

「好，你們兩個替他脫！」獾簡短地命令道。

鼴鼠和河鼠把拚命叫嚷反抗的蛤蟆按倒在地，脫下他的駕駛服，然後架著他站了起來。威風的衣飾被除去後，蛤蟆一下子沒了馬路殺手的囂張氣焰，求饒似的看著朋友們。

「蛤蟆，你自己也知道，早晚都會有這麼一天的。」獾嚴厲地訓誡說：「我們的話你全當成耳邊風。你揮霍錢財、瘋狂飆車、違法亂紀，在整個地區敗壞我們動物的名聲。你實在是太過分了。我決定讓你恢復理智！」

他牢牢抓住蛤蟆，把他帶進房間，隨手將門關上。

河鼠和鼴鼠坐在扶手椅上，靜靜地等著最後的結果。透過緊閉的門，他們聽到獾忽高忽低的訓話聲，偶而會被長長的抽泣聲打斷，那顯然是蛤蟆發出來的，因為他心腸軟又重感情，很容易「暫時地」聽進任何勸誡。

門開了，獾充滿威嚴地帶著垂頭喪氣、滿臉淚痕的蛤蟆走出來。

「坐下，蛤蟆，」獾和藹地說：「朋友們，我很高興地告訴你們，蛤蟆終於知道自己的做法是錯的。他剛才向我保證，以後再也不飆車了。」

「這真是個天大的好消息！」鼴鼠一本正經地說。「確實是個好消息。」河鼠遲疑地說，說話的時候，他的眼睛緊緊盯著蛤蟆，似乎看到了蛤蟆的眼睛裡，有什麼東西閃了一下。

滿意的獾接著說：「我要求你現在當著我們這兩位朋友的面，把你剛才在房間答應過我的話，鄭重地再重複一遍。先說你為自己過去的行為感到羞愧，你也知道那些全是胡鬧的行為，是不是？」

蛤蟆絕望地左右看了看，朋友們都神情嚴肅地默默等待著。沉默了很久，他終於開口了。

「不！」他繃著臉斷然表示：「我一點也不羞愧。那才不是什麼胡鬧！那是一件多光榮的事啊！」

「你說什麼？」獾驚駭萬分地喊道：「你這個說話不算話的傢伙！」

「是啊！是啊！」蛤蟆不耐煩地說。「剛才在屋裡，你說得頭頭是道，那麼感人肺腑，我當然任你擺布了。可是現在，我把自己做過的事細細思考了一遍，我覺得我確實一點也不懊悔。」

「這麼說，你以後還想繼續飆車囉？」獾說。

「當然！」蛤蟆斬釘截鐵地說：「只要讓我看到一輛汽車，我絕對會馬上坐上去開走！」

獾站起來，堅決地說：「那好，既然你不聽規勸，那我們就只好來硬的了。蛤蟆，你不是總邀請我們，來你這幢漂亮的房子跟你一起住嗎？現在，我們決定住下來了。我們什麼時候把你的想法改變過來，我們就什麼時候離開。你們兩個，把他帶到樓上去，鎖在他的臥室裡！」

蛤蟆連踢帶踹掙扎著，卻仍被兩位忠實的朋友拖上樓。之後，三個朋友開了一個會議，商議接下來的對策。

「我從沒見過蛤蟆這麼頑固。」獾嘆了口氣，「不過我們一定要堅持到底。」

於是，他們開始輪流值班，晝夜守在蛤蟆的臥室裡。起初，蛤蟆很固執，他把臥室裡的椅子擺成汽車的樣子，自己蹲在最前面，兩眼緊盯前方，嘴裡發出古怪的聲音。興奮到極點時，他會翻一個大筋斗，攤開四肢，躺在東倒西歪的椅子當中。

隨著日子一天天過去，蛤蟆這種近乎走火入魔的行為也越來越少。可是，他對其他事物也沒有任何興趣，漸漸變得無精打采，鬱鬱寡歡。

一個晴朗的早晨，輪到河鼠值班，他上樓去接替獾。獾臨走前提醒他說：「河鼠，你可要當心啊！每當蛤蟆變得順服，表現出一副乖孩子的模樣時，就是他最狡猾的時候。他肯定會耍什麼奇怪的花招，你可別被騙了！」

「老朋友，你還好嗎？」河鼠走到蛤蟆的床旁，愉快地問道。他等了好幾分鐘，才聽到一個微弱的聲音答道：「親愛的河鼠，你好嗎？鼴鼠好嗎？」

「我們都很好，」河鼠答道：「鼴鼠跟獾一起出去散步了，要到吃午餐的時間才會回來。所以，今天上午就只剩我們兩個。我會盡力讓你開心起來的。快下床來吧！天氣這麼好，別總賴在床上！」

蛤蟆有氣無力地說：「親愛的河鼠，你不瞭解，我現在怎麼快樂得起來呢？恐怕永遠也不可能了！我不該再給你們添麻煩，我知道，我只是個累贅。」

「別這樣說，」河鼠說，「只要你能改邪歸正，要付出多少心力我都願意。」

蛤蟆更加虛弱地低聲說：「既然這樣，那麼我求你，幫我請個醫生來……不，還是算了吧！這太麻煩你們了。」

「蛤蟆，你怎麼了，為什麼要請醫生來？」河鼠湊到蛤蟆的面前，仔細地觀察他。蛤蟆安靜地躺在床上，聲音越發微弱，連神情都完全變了。

「聽著，老朋友，」河鼠說，他有點驚慌起來：「如果你真的需要，我當然會去替你請醫生來。可是你還沒病到這個地步呀！」

「我親愛的朋友，」蛤蟆慘澹一笑，說：「我的病恐怕連醫生也無能為力了。不過，我總得再努力看看。請你順便把律師也請來，好嗎？」

「請律師？哎呀！看來蛤蟆真的病得很嚴重！」河鼠驚慌失措，急匆匆地步出臥室，向村子跑去。

一聽到河鼠鎖上門的聲音，蛤蟆立刻輕輕地跳下床，跑到窗口，看著河鼠遠去的背影放聲大笑。蛤蟆飛快地穿上衣裳，接著把床單結成繩子，將一端繫在窗框上。然後他爬出窗戶，順著床單輕輕滑落到地上，朝著河鼠相反的方向，邁開腳步，吹著口哨，一派輕鬆地揚長而去。

吃午餐時，河鼠難以下嚥，他不得不將這令人難堪、又難以置信的事告訴獾和鼴鼠。獾苛責了他幾句，話雖然說得不重，但聽在耳裡不是滋味。就連一向站在河鼠這一邊的鼴鼠，也忍不住說：「河鼠兄，這次你可真是有點糊塗了！」

「他裝得實在太像了！」垂頭喪氣的河鼠說。

「他簡直把你騙得團團轉！」獾怒氣未消，「現在他肯定已經跑遠。最糟的是，他那麼自以為是，什麼愚蠢的事都做得出來。我們最好還是在這裡多住幾天，蛤蟆隨時都有可能回來。」

此時此刻，得意洋洋的蛤蟆，正走在離家好幾里遠的馬路上。在他聽來，四周的一切，都像在和他心裡唱的〈得意歌〉合音，他得意忘形得幾乎要跳起舞來。

蛤蟆昂首闊步地往前走，一直來到一座小鎮。他大步走進一家小旅館，點了一份最好的午餐，便狼吞虎嚥起來。

正吃著的時候，一個非常熟悉的聲音從街上傳了過來。蛤蟆不由得渾身一震。聲音越來越近，一輛汽車開進餐館的前院，停了下來。蛤蟆緊緊抓住桌腳，掩飾自己難以抑止的激動。車上的人走了進來，一群人有說有笑，大談他們乘坐的那輛汽車的優異性能。蛤蟆傾聽了一會兒，最後終於忍不住，悄悄溜到了前院裡。

汽車就停在前院當中。蛤蟆慢悠悠地圍著它轉，仔細地打量著。

「不知道這種車好不好開？」蛤蟆心裡想著。才一眨眼的工夫，不知怎麼的，他已經發動了車子。像做夢一般，他開著車在院子裡繞了一圈，然後駛出大門。汽車衝過街道，開上馬路，越過曠野。他一面驅車飛馳，一面高聲歌唱。這時，他似乎忘掉了一切，只知道自己又成為了所向無敵的蛤蟆，根本不在乎自己會出事。

「被告的罪行證據確鑿：第一，他偷走了一輛昂貴的汽車；第二，他違法駕駛，危害公眾；第三，他對警察蠻橫無理，不接受取締。」首席法官激動地說。

書記官說：「偷車罪應處十二個月監禁，瘋狂駕駛應處三年監禁，侮辱警察則應處十五年監禁，三項加在一起，總共是十九年。」

「好極了！」首席法官說。

「不如乾脆湊個整數：二十年吧。」書記官加上一句。

「這個建議太好了！」首席法官讚許地說，「被告！起立！你被判處二十年的監禁！」

隨後，蠻橫的法警走向蛤蟆，給他戴上鐐銬，將他拖出法庭。蛤蟆一路尖叫、抗議、求饒。他被拖著走過咯咯作響的吊橋，穿過布滿鐵釘的鐵閘門，鑽過陰森可怕的拱道，經過刑訊室、斷頭臺，一直走到監獄最深處，那間陰森的地牢門前。

「這個壞蛋要嚴加看管。」法警對老獄卒吩咐：「他是個窮凶惡極的累犯、詭計多端的傢伙。」

老獄卒臉色暗沉地點了點頭，將笨重的牢門關上。

就這樣，蛤蟆成了一個可憐無助的囚犯。

水獺

身軀細長，四肢較短，指間有蹼，具有鋒利的爪子。水獺爲穴居動物，河川與湖泊一帶爲主要棲息地，擅於游泳和潛水。

第七章　牧神的笛聲

仲夏夜，清涼的風漸漸吹走鬱悶的暑氣。鼴鼠躺在河岸上，等著去水獺家做客的河鼠歸來。

河鼠的腳步由遠而近。「啊！多涼快呀！太美了！」他邊說邊坐了下來。

「吃過晚餐了吧？」鼴鼠問。

「他們一直不肯放我走。」河鼠說：「你也知道，水獺一家一向熱情又好客。可是我總覺得事有蹊蹺，因為儘管他們竭力掩飾，我還是看出他們遇上了麻煩。我想，他們的孩子小胖胖又失蹤了。」

鼴鼠不以為意地說：「小胖胖實在太愛冒險啦！但是他每次走丟之後，過一段時間就會回來了。你不用擔心啦！」

河鼠語氣沉重地說：「可是這次問題比較嚴重，他已經好幾天沒回家了，水獺夫婦問遍方圓幾里的動物們，大家都說不知道他的下落。更何況，小胖胖的游泳技巧還不行，水獺擔心他會在河壩上發生意外。所以他說要去淺灘守夜。」

「水獺為什麼只挑那地方守夜呢？」鼴鼠問。

「因為那是他第一次教小胖胖游泳的地方，」河鼠接著說：「也是他們經常釣魚的地方。所以，水獺每晚都會抱著一絲希望去那裡等著。」

一時之間，他們都沉默了。過了一會兒，鼴鼠說：「我們乾脆把船划出來，往上游去，而且月亮也快出來了，我們可以藉著月光盡力搜索一下。」

他們把船划出來。河面一片漆黑，夜空中充滿各種小動物細碎的聲響。河水流淌的聲音，也顯得比白天響亮。

他們在河中小心翼翼地划著。一片銀色的光輝漸漸從地平線上升起來。當月亮無牽無絆地高懸在夜空中，廣闊的草地，靜謐的花園，還有夾在兩岸之間的整條河，全都柔和地展現在眼前。

月光下，兩個朋友在兩岸之間來回地搜尋著。直到那輪皓月依依不捨地沉入地平線之下，神祕又一次籠罩田野和河流。天際開始逐漸變得明朗。輕風拂過，吹得蘆葦和蒲草沙沙作響。河鼠忽然坐直身體，聚精會神地側耳傾聽。鼴鼠忍不住好奇地望著他。

河鼠神色激動地說：「多優美！多神奇呀！遠處那悠揚婉轉的笛聲，那清脆歡快的呼喚，往前划吧！鼴鼠。那音樂和呼引一定是在召喚我們！」

「除了蘆葦、燈芯草和柳樹間的風聲，我什麼也都沒聽到。」鼴鼠驚訝地說。不過，他還是聽從河鼠的話，默默地向前划去。

不一會兒，他們來到了一處河道分岔的地方，笛聲越來越清楚。河鼠歡喜地喊道：「你現在一定也聽到了吧！」

如流水般歡暢的笛聲向鼴鼠迎面而來，徹底迷住了他。他屏氣凝神，痴痴地坐著，連划槳也忘了。他們待在那裡一動也不動。然後，伴隨著醉人的旋律而來的，是清晰迫切地召喚。

他們的船繼續向前滑行。天色更加明亮，兩邊沿岸的草地顯得無比清新翠綠。他們能感覺到，終點已經不遠了。

在前方一座大壩的環抱中，安然躺臥著一座小島，四周層層密密長著柳樹、白樺和赤楊，像蒙著一層神祕的面紗。兩個好朋友毫不遲疑地把船停泊在鮮花似錦的小島岸邊。

他們悄悄地上岸，穿過花叢草地和灌木林，來到一片長滿野櫻桃樹、野刺李樹的天然果園中。

「這裡就是這美妙音樂傳出的地方。」河鼠神色恍惚地喃喃低語。鼴鼠的心中不禁也湧起一股敬畏之情。四周棲滿鳥雀的樹枝上，依舊悄無聲息。天色越來越亮了。

笛聲現在已經停止了，但那股召喚的力量仍強而有力。鼴鼠無法抗拒這種呼喚，小心翼翼地抬起頭。就在此時，他看到一對彎彎的犄角，在晨光下發亮；一雙和藹的眼睛俯視著他們，慈祥的兩眼間是一隻剛毅的鷹勾鼻；藏在鬍鬚下的嘴巴，嘴角似笑非笑地微微上翹；修長而柔韌的手裡握著那支牧神之笛；線條優美的雙腿安適地盤坐草地上；而依偎在牧神兩蹄之間的，正是胖乎乎的小水獺。

這時，天邊升起一輪金光燦爛的太陽，光線直射他們的眼睛，照得他們頭昏眼花。等到他們能再看清楚東西時，神奇的景象已經消失得無影無蹤。

一種說不出來的失落湧上心頭。這時，一陣微風，輕柔地飄過水面，吹拂在他們的臉上。忽然之間，他們就忘掉了剛才發生的一切。

「這就是我們要找的地方。看！他就在那裡，那個小傢伙！」河鼠高興地喊了一聲，向沉睡的小胖胖跑去。

小胖胖醒來，看到父親的兩位朋友，開心地嘰嘰叫了一聲。河鼠和鼴鼠帶他來到水邊，上了船，讓他安穩坐好，便開始向下游划去。

來到那熟悉的渡口時，鼴鼠把船划向岸邊。他們把小胖胖送上岸，叫他加快步伐向前走。他們看著小傢伙搖搖擺擺地往前，忽然，小胖胖猛地抬起下巴，腳步變得更快，像是認出了什麼。他們向上游望去，只見老水獺一躍而起、連蹦帶跳，發出一連串又驚又喜的喊叫。

鼴鼠大力地划著船槳，掉轉船頭，然後，任憑河水將他們沖向任何地方。

「河鼠，好奇怪。我感覺累極了。」鼴鼠有氣無力地伏在槳上，「就好像剛才經歷了一件驚心動魄的大事一樣。」

「我也這樣覺得，」河鼠仰靠在船邊低聲說道：「真的太累了。但感覺不是只有身體疲倦。幸虧我們是在河上，水可以把我們送回家去。你聽，風在蘆葦叢裡吹奏曲子呢！」

「像是一首遙遠的音樂。」鼴鼠神情迷惘地說。

「我也這麼覺得。我好像能斷斷續續聽到幾句歌詞，讓我試試把歌詞唸給你聽，」河鼠閉上眼睛輕唸道——

為了不讓身體受傷，我移開陷阱，
你瞥見了我，但你要忘記我……
我找到山林裡的迷失者，
治好他身體的創傷，
再囑咐他把一切遺忘！

「這歌詞是什麼意思？」鼴鼠迷惑不解地問。

河鼠簡潔地回答：「我也不知道，我只是把聽到的告訴你罷了。」

「好，我也來聽聽看吧！」鼴鼠說。暖烘烘的陽光照在他的身上，讓他有點昏昏欲睡。

河鼠沒有再出聲。鼴鼠看到他帶著快樂的微笑，沉沉睡去。

第八章　喬裝越獄

自從被關進陰森的地牢後，蛤蟆知道自己已經澈底和外面陽光燦爛的世界隔絕。他一頭撲倒在地上，陷入了絕望。「一切全完啦！那個名聲顯赫、漂亮體面、自由自在、溫文爾雅的蛤蟆完蛋啦！」

他流著淚哀嘆道：「明智的老獾，機靈的河鼠，懂事的鼴鼠呀！你們的判斷多麼正確！唉！我真是自作自受！」

他就這樣不吃不喝，晝夜不停地哀嘆著。老獄卒有個心地善良的女兒，她很同情蛤蟆的悲慘處境。有一天，她對父親說：「我實在不忍心看著這隻可憐的動物那麼受罪，您讓我來照顧他吧！」

她的父親早已經厭倦蛤蟆那副愁眉苦臉又不可一世的樣子，於是便同意了女兒的請求。

她打開了蛤蟆囚室的門，一進門就說：「蛤蟆，打起精神來！快來吃飯吧！你看，我給你帶了一點食物，還是熱騰騰的呢！」

馬鈴薯加甘藍菜的香氣，立刻鑽進了蛤蟆的鼻孔，只不過，他還是踢蹬著雙腿，哭個沒完。聰明的女孩暫時退了出去，熱菜的香氣卻仍留在牢房裡。

蛤蟆一邊抽泣，一邊用鼻子聞著，漸漸拋開憂傷，開始去想值得高興的事。他想到陽光下廣闊的草地，餐桌上碗碟清脆的碰撞聲，以及自己未完成的事業。陰暗的牢房似乎變得明亮起來。他想起了自己的朋友們，他們肯定會設法營救他的；他還想到，以自己絕頂聰明的頭腦，肯定什麼事情都能辦到的，這麼一來，似乎所有的苦惱便一掃而空了。

幾個鐘頭以後，女孩端著一個托盤回來。上面有一杯冒著熱氣的香茶，還有一盤熱騰騰的奶油吐司。香氣撲鼻的奶油吐司，使蛤蟆憶起他可愛的廚房，美味的早餐，冬日的爐火。蛤蟆坐起身來，抹去眼淚，啜了一口茶，大口地嚼起吐司。

蛤蟆的情緒逐漸恢復過來，他開始侃侃而談，對女孩說起他那幢豪華住宅的一切，也談起他的動物朋友們。

女孩津津有味地聽著蛤蟆滔滔不絕地炫耀自己。最後，女孩把蛤蟆的水罐盛滿，將鋪在地上的稻草弄得更加蓬鬆舒適後，便向他道了晚安。這時，蛤蟆已經又恢復成原先那個自大的蛤蟆了。他唱著一、兩首小曲子，蜷縮著身體躺在稻草裡，舒服地睡著了。

從那以後，蛤蟆和女孩經常一起愉快地談天。女孩越來越替蛤蟆感到委屈，她覺得，為了一點微不足道的過失，就把蛤蟆關在牢裡，實在太過分了。而自大的蛤蟆，卻以為女孩之所以這麼關心自己，是因為對他心生愛慕。他甚至自以為是地想，他們因為社會地位太懸殊而不能在一起，這是多麼遺憾的一件事啊！

有天早上，女孩對他說：「蛤蟆，你聽我說。我有個姑媽，她是個洗衣婦。」

蛤蟆和氣地說：「這沒關係，我也有好幾位姑媽，本來也都該當洗衣婦的。這不算什麼丟臉的事。」

「蛤蟆，聽我說完好嗎？」女孩打斷他的話。「你的壞毛病就是話多。我是說，我有位姑媽，她是個洗衣婦，她負責替這所監獄裡所有的犯人洗衣服。我想到一個辦法——你很有錢，而她很窮——如果你能給她一些錢，或許你們能做一筆交易，你可以穿上她的衣裳，混出監獄。你們兩個長得蠻像的，身材也差不多。」

「我和她一點都不像，」蛤蟆不滿地說：「我的身材多優美呀！」

「我的姑媽也一樣很好！」女孩生氣地說：「你這個不知感恩的傢伙！」

「好，多謝你的好意啦！」蛤蟆連忙說：「你是一位善良聰明的好女孩，我確實是隻又驕傲、又愚蠢的蛤蟆。就按照你說的去辦吧！」

第二天傍晚，女孩把她的姑媽帶進蛤蟆的牢房，蛤蟆把一些金幣放在桌上，這場會面進行得很順利。蛤蟆的金幣換來一件印花棉布長洋裝、一條圍裙、一條大圍巾，還有一頂褪了色的黑布女帽。老婦人提出的唯一要求，就是把她捆起來，堵上嘴巴，扔在牆角，使她看起來像個受害者一樣。

蛤蟆欣然接受這個建議。因為這能為他的越獄增添一些傳奇色彩。將老婦人捆住之後，女孩一邊笑著，一邊動手為蛤蟆穿戴打扮起來。

「現在，你跟她簡直一模一樣。」她咯咯笑著說：「蛤蟆，再見了！祝你好運。路上要是有男人跟你搭訕，你可要記住，自己是一位寡婦，千萬不能丟了名聲呀！」

蛤蟆惴惴不安地走出牢房。他驚喜地發現，這一道道的關卡都非常順利地通過了。洗衣婦的矮胖身材以及她身上那件印花長洋裝，似乎就是一張通行證。甚至在他不知該往哪邊拐彎時，下一道門的衛兵還會高聲招呼他快一點過去。最大的危險，反而是衛兵們對他的搭訕和玩笑。蛤蟆費了好大的勁，總算放下驕傲的自尊心，使自己的回答符合一位洗衣婦的身分。

彷彿過了好幾個鐘頭，他才終於穿過最後一個院子，聽到監獄的門在他身後關上。當感受到新鮮空氣吹拂在額頭上時，蛤蟆知道，自己自由了！

蛤蟆朝著小鎮方向快步走去，他還沒想好下一步該怎麼辦，目前唯一想到的是，必須儘快離開這裡，因為他偽裝的這位洗衣婦，在這一帶很有人緣，熟識她的人一定不少。

他邊走邊想該往何處去，忽然注意到，不遠處就是一個火車站。「啊哈！真幸運！」他想，「到火車站去，就用不著再裝扮成這個丟人現眼的樣子了。」

他直接來到火車站，看了看列車時刻表，剛好在半小時後，有一班往他家方向開去的列車。

蛤蟆興沖沖地到售票處去買票。

他向售票員報了離家最近的車站名稱後，蛤蟆本能地把手伸進背心口袋裡去掏錢。

可是他忘了現在穿的只是一件長洋裝。他找遍全身上下也沒掏出一分錢來，排在他身後的旅客等得都不耐煩了。蛤蟆這才驚恐地意識到，他竟然把外衣和背心，連同錢包、鑰匙、手錶、火柴等等，全都丟在地牢裡了。只有擁有這些東西，才能讓他看起來體面又有價值。

蛤蟆走投無路，只得豁出去孤注一擲。他擺出自己原有的派頭說：「我忘了帶錢包啦！請先把票給我好嗎？明天我就派人把錢送來。我在這一帶可是無人不知無人不曉。」

售票員盯著他頭上那頂褪色的黑布女帽哈哈大笑，說：「別耍這套奇怪的花招了。老太太，請你離開購票口，不要妨礙別的旅客買票！」

蛤蟆滿腹委屈地退出來，茫然地沿著月臺往前走，眼淚順著兩頰滾落。眼看著就能安全回家，沒想到一文錢難倒了英雄漢。現在該怎麼辦呢？

蛤蟆的心裡不斷盤算著，不知不覺走到一輛火車前面。一位壯實的司機正在幫火車頭擦拭及上油。

「您好，老太太！」司機說：「您有什麼事情嗎？」

「唉，先生！」蛤蟆忍不住又哭了起來，「我是個不幸的窮洗衣婦，身上所有的錢都弄丟了，沒錢買火車票，可是我今晚非得趕回家不可。」

「真可憐！您家裡應該還有幾個孩子在等著您吧？」司機同情地說。

「有一大群孩子呢！」蛤蟆抽泣著說。

好心的火車司機說：「好吧！我有個主意，您說自己是洗衣婦，那正好，開火車是個容易弄髒衣服的工作，我有一大堆髒衣服，要是您回家以後，能替我洗幾件衣服，洗好了再送回來，我就讓您搭我的火車。」

蛤蟆喜出望外，急忙爬進駕駛室。當然，他這輩子從沒洗過衣服，所以根本就不打算洗。不過他想著，等他平安回家以後，就送錢給司機，讓他能洗很多很多的衣裳，這樣豈不是更好？

終於，司機拉響汽笛，火車隆隆駛出月臺。蛤蟆看到田野、樹叢、矮籬從身邊飛掠而過，一想到離家越來越近，又想到好朋友、錢幣、軟軟的床、美味佳餚，想到人們對他的傳奇經歷齊聲讚嘆。想到這一切，蛤蟆忍不住興奮地蹦蹦跳跳，大聲唱起歌來。

就在蛤蟆幻想著到家後要吃什麼晚餐時，他注意到司機把頭探出窗外，臉上露出疑惑的神情：「真奇怪，今晚這條路線，我們應該是最後一班車，可是我卻聽到後面還有一輛火車行駛而來，像是在追我們！」

蛤蟆的脊椎骨一陣隱隱作痛，一直傳到兩腿。他蹲在煤堆裡，絞盡腦汁想著脫身的辦法，卻還是一籌莫展。

「他們就快趕上我們了！」司機說：「那輛火車上都是些奇奇怪怪的人！好像是獄卒和警察，還有幾位紳士，他們手上都揮著武器，大聲喊著：『停車！停車！』」

蛤蟆倏地跪倒在煤堆裡，顧不得膝蓋上的疼痛，對司機哀求道：「救救我吧！好心的司機先生，我向你坦白供認一切，我不是什麼洗衣婦……」

火車司機聽了蛤蟆的陳述後，神情嚴肅地說：「你確實是一隻鬼主意很多的蛤蟆，我有權把你交給法律制裁。不過你現在有難，我不會見死不救。而且，我討厭汽車，也討厭駕駛火車時被警察指揮。再說呢，我只要看到誰流淚，就會心軟。我會盡力幫你！」

於是他們拚命地往鍋爐裡添煤，可是追趕的火車還是逐漸逼近。司機嘆了口氣，說：「這樣恐怕不行。他們的火車沒有載東西，跑起來很快。我們現在只有一個辦法了。聽我說，前面有一條很長的隧道，過了隧道，鐵軌會穿過一座濃密的樹林。一過隧道，我就會緊急煞車，到時候你趕緊跳下去，跑進樹林裡躲起來。」

他們再添進了一些煤，火車轟隆隆狂吼著衝進隧道。當他們從隧道另一端衝出時，司機關上汽門，踩住煞車器，等車速減慢到差不多和步行一樣時，他大喊一聲：「跳！」蛤蟆跳了下去，飛快地滾過一段短短的斜坡，等從地上爬起來後，居然毫髮無傷。他趕緊跑進樹林，躲了起來。

蛤蟆從樹林裡偷偷地往外看，只見後頭追來的火車從隧道裡衝了出來，車上的人揮舞著不同的武器，還在高喊著：「停車！停車！」等他們駛遠後，蛤蟆忍不住哈哈大笑。

可是沒多久，蛤蟆就笑不出來了。火車震耳的隆隆聲消逝之後，樹林裡便一片死寂，非常嚇人。

一隻貓頭鷹，悄無聲息地擦著他的肩頭飛過，嚇得他跳了起來。又冷，又餓，又乏的蛤蟆不敢在夜晚時輕舉妄動，他找到一個樹洞，用樹枝和枯葉鋪了一張床，就沉沉地睡著了。

第九章　南方的呼喚

河鼠的心靜不下來，連他自己也不清楚為什麼。表面上看，大自然還是一幅欣欣向榮的盛夏景象，不過，農田已由翠綠變為金黃，叢林也染上烈焰般的赤褐色；空氣裡瀰漫著離別的氛圍，許多鳥兒逐漸南遷；有時夜晚躺在床上，河鼠也能聽到南行的鳥兒，拍打著翅膀掠過夜空的聲音。

到處都是行色匆匆、忙著辭行送別的身影。每當這種時候，都很難定下心來認真做點正事。河岸的燈芯草已經長得又高又密，大河的水流也變得緩慢。河鼠離開河岸，鑽進一大片麥田裡。穿行在翻湧的金黃麥浪之間，粗壯的麥稈在他的頭上織出一片金色的天空。

在麥田裡，河鼠有許多田鼠朋友。他們有的在忙著挖洞掘壕，有的在埋頭捆紮財物。遍地都是一堆堆、一捆捆的糧食、果實，等待著被運走。

「河鼠兄你來啦！」他們一見河鼠，便高聲喊道：「快過來幫忙吧！」

「你們在做什麼？」河鼠板著臉說：「現在還不是準備過冬的時候吧！」

「是啊！這我們知道。」一隻田鼠有點不好意思地說：「不過，把握時機總是好的嘛！我們必須趕在那些機器開始翻地之前，把這些東西全部搬走。當然，現在是太早了一點沒錯，但是我們也只是剛開始而已。」

「幹嘛這麼早開工呀？」河鼠說：「天氣這麼好，跟我一起去划划船、散散步，或者去野餐不是更好嗎？」

「噢！我們今天就不去了，謝謝你。」田鼠急忙婉言謝絕，「也許再過一些日子，我們就會有空陪你了。」

「在聖誕節以前，你們恐怕是不會有空了！」河鼠氣呼呼地走出麥田，悶悶不樂地回到河邊。

河鼠看見岸邊一排柳樹的枝頭上，有三隻燕子正熱烈地低聲交談著。

「難道，你們現在就要走了嗎？」河鼠踱步到他們面前問道。

「我們還沒有要離開，」第一隻燕子回答說：「我們只是在討論今年打算走哪條路線，在哪裡休息等，這些事很有趣哦！」

「我不懂，」河鼠說：「還沒到非走不可的時候，就先開始談論，這也未免……」

「你當然無法瞭解，這不是我們沒事找事做。」第二隻燕子說：「剛開始，我們內心會感到一種甜蜜的情緒在鼓動著我們，接著往事就像信鴿一樣飛了回來。夜間，它在我們的夢中翱翔；白天，它就隨我們在生活中盤旋。我們渴望互相分享資訊，讓自己確信這一切都是真實的。」

「今年你們能不能留下不走？」河鼠建議道：「我們會盡力讓你們在這裡過得舒適愜意的。」

「有一年，我曾試著留下來過，」第三隻燕子回憶著以前的情景，「頭幾個星期的情況還不錯，可後來，黑夜那麼漫長，整天陰沉沉的，天寒地凍，我的勇氣全消失了。於是某日，在一個寒冷的風雪夜裡，我拚命向內陸飛啊飛，和風雪打了一場硬仗，好不容易才飛了過去。當我再一次感受到南方暖和的陽光晒在背上，嚐到第一隻肥美的蟲子，那種幸福的感覺真是永生難忘呀！所以，我不能留下來，我再也不敢違抗南方的召喚了。」

「是啊！南方在召喚！」另外兩隻燕子也呢喃著：「南方的歌、南方的色彩、南方明朗的天空。」他們已經忘記河鼠的存在，只顧沉醉在自己美好的回憶裡。

河鼠的心弦被撥動得震顫起來。如果能親自去南方體驗一下，那將會是怎樣的滋味？

他爬上大河北岸平緩的斜坡，仰躺下來，朝南方開始縱情幻想。他似乎看見山的那一邊，有碧波蕩漾的海洋、有陽光普照的沙灘、寧靜的港灣以及氣派的船舶。

一陣腳步聲傳來，一隻行色匆匆的陌生老鼠走到河鼠的面前，遲疑了片刻，便在他身旁坐了下來。

這位陌生的老鼠打量著河鼠說：「看你的體格，我想你一定是位水手。只要你身強體壯能划船，就能一直享受這種生活。可惜，我現在就要離開這裡，聽從那古老的呼喚，往南邊去流浪了。」

「你來自哪裡？」河鼠問道。

陌生的老鼠簡短地回答：「從一個可愛的小農莊來，在那裡要什麼有什麼。不過現在，我來到這裡，離我渴望的地方又近了許多！」他目光炯炯地緊盯著地平線，像在傾聽某種聲音。

河鼠說：「我猜，你不是務農的，你也不是我們本地的老鼠吧？照我看，你不是本國的老鼠。」

陌生的老鼠說：「沒錯，我是一隻航海老鼠，從別的國家來，以四海為家，我的家族一直都是水手。」

「你常去遠洋航行吧？」河鼠產生興趣，「你一定很懷念海上的生活。」

航海鼠坦白地說：「其實最吸引我的，是在岸上的快樂時光。南方的那些海港，多麼令人嚮往啊！」

「你能跟我講講你的經歷嗎？讓我增長一些見識。」河鼠請求道。

航海鼠說：「我在君士坦丁堡出生。從君士坦丁堡到倫敦，任何一座迷人的港口都是我的家。上一次航行，把我帶到這個國家。我這次航行出海，搭乘的是一艘小商船，航向希臘和地中海一帶的東方古國。那些日子，我忙著進港、出港，白天陽光燦爛，就睡在麥酒槽裡；夜晚在星空下，縱情高歌！」

河鼠聽得十分入迷，如墜夢境，彷彿乘上一艘遊艇在海上漂呀！蕩呀！

航海鼠接著說：「沿著義大利的海岸向南航行，在科西加，我搭上一艘運送葡萄酒的船。傍晚時分，我們到達阿拉西奧港口，船員們把酒桶扔下船去，用繩子把酒桶一個個連結起來，然後水手乘上小艇，划向岸邊，小艇後面拖著一長串上下漂浮的酒桶，就像一長串海豚。此外，我還去過許多港口，一半走陸路，一半走海路，最終來到馬賽，和我的老朋友們聚會暢飲了一番！」

「你這些話倒是提醒了我，」好客的河鼠說：「現在已經中午了，歡迎你來我家吃飯。」

「噢！你真親切！」航海鼠說：「不過，你能把午餐拿到這裡來嗎？我們可以一邊吃飯，一邊繼續跟你分享我的航海經歷。如果進屋去，十之八九我很可能會馬上睡著的。」

「這是個好主意。」河鼠說。他急忙跑回家去，裝了滿滿一籃好吃的午餐，再飛快地跑回河邊。

航海鼠填飽了肚子，又接著講他最近一次航海的經歷。河鼠聽得如癡如醉，激動得渾身顫抖，彷彿身歷其境，隨著這位冒險家穿過風起雲湧的海灣，乘風破浪，環遊世界。

在河鼠聽來，航海鼠滔滔不絕的講述，似乎變成了水手們起錨時高唱的曲子、日落時漁人們拉網的歌謠、遊艇上彈奏的琴聲。航海鼠不停變幻的話音好似具有魔法，引領著河鼠，時而在海島尋寶，時而在平靜的湖面上釣魚，時而又躺在溫暖的白沙上打盹。

「現在，我該出發了。」航海鼠站起來輕聲說，那雙迷人的眼睛緊緊扣著河鼠的心弦，「我得朝著西南方向，一直走到我最熟悉的濱海小鎮。在那裡，古老的海堤邊，停靠著一些色彩鮮豔的小船。我會靜靜地等待時機，直到我看中的那艘船駛進海港，我才乘著小船，或攀著纜索悄悄溜上大船去。等早晨一覺醒來，我又會聽到水手的腳步聲和歌聲，起錨機絞盤運作的嘎吱聲，還有收錨時鐵鍊的碰撞聲。當岸邊的白色房屋從我們身邊慢慢滑開，航海就此啟程！船隻張著白帆，直直向南方前進！」

「河鼠小弟，南方在等著你。趁著年輕，進行一場冒險吧！你只要勇敢地邁出一步，就可以跨入嶄新的生活！等到有一天，你厭倦漂泊，還可以再帶著滿腦子精彩的回憶，回到這裡來。我會等著你，相信總有一天，你也會快步邁向南方而來的！」

航海鼠的話音隨著他的腳步漸行漸遠，直到聲音和身影消失，只留下發呆的河鼠，像著魔似的。

河鼠像個夢遊者一樣，神情木然地收拾地上的東西，回到家裡。他慢條斯理地將一些必需品裝進背包裡，然後，把裝滿物品的背包甩到肩上，挑了一根粗棍，毫不遲疑地一腳邁出了家門。

就在這時，鼴鼠出現在門外。

「你要去哪？」鼴鼠一把抓住河鼠的手臂，驚訝地問。

「去南方。」河鼠徑直往前走，都不看鼴鼠一眼，「先去海邊，然後再乘船，我要向那些呼喚我的海岸前進！」

鼴鼠慌了，急忙用身體擋住河鼠。他發現，河鼠的眼睛裡好像有波浪起伏，那不是他熟悉的朋友的眼睛！他用力把河鼠拖回屋裡，按倒在地上。

河鼠先是拚命掙扎了一陣，然後突然像洩了氣一樣，躺著一動也不動。他閉著眼睛，不停發抖。鼴鼠趕緊將他扶到一張椅子上坐下。河鼠發出一陣歇斯底里的乾嚎，鼴鼠靜靜地守候在朋友身邊。過了一會兒，河鼠逐漸睡去，但嘴裡仍不時地發出囈語，在不解其故的鼴鼠聽來，都是些荒誕的異國奇聞。最後，河鼠終於沉沉地睡著了。

直到快天黑，河鼠才完全清醒，但是他一聲不吭，神情沮喪。鼴鼠看了看河鼠的眼睛，又變得像以前一樣清澈，這才放下心。於是鼴鼠坐下來，努力想讓河鼠打起精神，講講剛才發生的事情。

可是那讓人著迷的傳奇經歷，怎麼可能講得清楚呢？

於是，鼴鼠假裝漫不經心地轉移話題，開始談起正在收割的農作物、奮力拉車的馬匹、月光下成捆的稻草，又談起蘋果在變紅、栗子在變黃，還有如何做果醬、釀水果酒的種種。

漸漸地，河鼠呆滯的眼神又亮了起來，並開始和鼴鼠交談。乖巧的鼴鼠悄悄拿來一枝鉛筆和幾張紙，放在朋友手邊的桌子上。

「你好久沒寫詩了。」鼴鼠說，「今晚你可以試著寫一點詩。我想，你只要寫下幾行，哪怕只是幾個字，人就會覺得好多了。」

河鼠不感興趣地把紙筆推到一旁。鼴鼠找了個藉口離開了客廳。

之後過了一會兒，當鼴鼠偷偷往房裡看時，只見河鼠聚精會神伏案揮筆，他時而在紙上寫字，時而咬著鉛筆頭，雖然咬鉛筆頭的時間比寫字的時間還多，可是鼴鼠知道，他的「療法」已經開始奏效了。

第十章　再生事端

一大早，睡在樹洞裡的蛤蟆醒了。他坐起身來，揉揉眼睛，四處張望，尋找熟悉的石牆和有鐵條的窗戶。

然後他的心臟猛地一跳，想起所有的事情：越獄、逃亡和追捕。現在，他自由了！一想到這裡，他就感到渾身熱血沸騰。他抖了抖身體，大步走進早晨的陽光裡。

當蛤蟆繞過一道河灣時，前方走來一匹老馬，拖著河裡的一艘平底船。船上唯一的乘客，是一位胖女人。

「天氣真好呀！」她跟蛤蟆打著招呼。

「是的，夫人。」蛤蟆彬彬有禮地回答：「對於那些沒遇到麻煩事的人，這確實是一個美好的早晨。你看，我嫁出去的女兒託人捎了信給我，要我馬上去她那。為了她，我不但得丟下洗衣生意，還得丟下家裡那群頑皮搗蛋的孩子，現在我又弄丟了錢包，甚至還迷了路。我那嫁出去的女兒會發什麼事，噢，我真是連想都不敢想啊！」

「您的女兒住在哪裡呀？夫人。」船上的女人問。

「就住在大河附近，」蛤蟆說：「鄰近那幢叫『蛤蟆之家』的漂亮房子，你大概聽說過那裡吧？」

「『蛤蟆之家』？噢！我正往那個方向去呢！」船上的女人說：「上船吧！我載你一程。」

船娘把船靠到岸邊，蛤蟆高興地上了船，找了個位置心滿意足地坐下。

「這麼說，夫人，您是做洗衣生意的，對嗎？」船上的女人問道。

「是呀！這是最棒的職業！」蛤蟆得意地說：「所有的有錢人都把衣服送來我這裡清洗，他們只光顧我這一家！」

「不過，夫人，那些工作想必不用您親自動手吧？」船上的女人態度恭敬地問。

「我有二十幾個替我工作的女工。」蛤蟆開心地說。

「你很喜歡洗衣服嗎？」船上的女人又問。

蛤蟆說：「喜歡，簡直愛得不得了。兩隻手只要一泡在洗衣盆裡，我就心花怒放。那真是一種享受！」

「遇見你真是幸運！」船上的女人高興地說。

「什麼意思？」蛤蟆緊張地問。

船上的女人說：「我也喜歡洗衣服，但我居無定所，我什麼都得做，也不管我喜不喜歡。照理說每個人應做分內的事，但我丈夫老是偷懶，把船和馬都交給我來管，自己卻帶著狗出去打獵。這樣一來，我怎麼有時間洗衣服呢？」

「那就別管洗衣服的事啦！」蛤蟆說。

船上的女人說：「我沒辦法不想。船艙的角落裡還有一大堆髒衣服，你只要挑幾件幫我洗乾淨就行了。你說過，這對你來說是一種享受，對我而言也是幫了我一個大忙。」

「你讓我來掌舵吧！」蛤蟆慌了。「這樣，你就可以洗你的衣服了。讓我來洗的話，說不定會把它們給洗壞的。」

船上的女人大笑著說：「掌舵得要有經驗，還是讓你做你喜歡的洗衣工作，我來掌舵比較好。」

蛤蟆沒了退路。他想逃走，但是這裡又離岸太遠。

「既然到了這個地步，」他無可奈何地想，「我想，洗衣服這種工作，就算是笨蛋也能做的！」

他把洗衣盆、肥皂等等的東西搬出船艙，胡亂挑幾件髒衣服，努力回憶著他偶爾看過的洗衣服情形，開始動手清洗了起來。

半個小時過去，不管蛤蟆再怎樣努力，都洗不乾淨那些衣物。他對衣服又搓又揉、又敲又捶，可是它們還是一樣骯髒，蛤蟆累得腰酸背痛，兩隻爪子也都泡到皺巴巴的了。

當蛤蟆第十五次沒拿好肥皂時，突然間，一陣大笑聲嚇得他挺直身體，回過頭看。船上的女人正仰頭放聲大笑，笑得連眼淚都流出來。

「我一直在觀察你，」她喘著氣說，「我早就看出你是個騙子。我敢打賭，你這輩子一定連抹布也沒洗過！」

蛤蟆本來就十分懊惱，這下子，情緒更是完全失控了。

「你這個粗俗肥胖的船婦！」他大聲吼道：「你怎麼敢這樣對我說話！我可是大名鼎鼎、高貴顯赫的蛤蟆！」

那女人湊到蛤蟆面前，仔細端詳，「哎呀，果然是隻蛤蟆！」她直起身子喊道，「一隻叫人噁心的癩蛤蟆，居然上了我這艘乾淨漂亮的船，真是太不像話了！」

她放下舵柄，伸出粗大的手臂，抓住蛤蟆的兩條腿，順勢一丟。一時間，蛤蟆騰空飛起，只感到天旋地轉，耳邊的風聲呼嘯，他旋轉著飛了出去。

「撲通！」一聲，蛤蟆掉進了河裡。他抹掉眼睛上的浮萍，第一眼看到的就是那肥胖的女人，正從漸漸遠去的船上探出身來，回頭望著他哈哈大笑。

蛤蟆拚命划水，費力地游向岸邊，好不容易爬上陡峭的河岸後，他撩起濕裙子捧在手上，邁開腳步，努力追趕那艘平底船。

等到他終於和船平行時，船上的女人笑著喊道：「洗衣婦，拿熨斗好好熨熨你的臉，也許你就能變成一隻體面的癩蛤蟆啦！」

蛤蟆不屑於停下來和她鬥嘴，因為他要的是實實在在的報復，而不是嘴皮上的勝利。機會來了！那匹拉船的馬，恰好在前頭，他飛跑向前解開縴繩，扔在一邊，然後縱身躍上馬背，猛踢馬肚，策馬離開河岸，直奔開闊的曠野而去。回頭望去，只見那平底船在河中橫轉過來，漂到了對岸。船上的女人發瘋似的揮臂跳腳，連聲喊著：「站住！站住！」蛤蟆大笑，繼續驅馬狂奔。

跑了一陣子，蛤蟆的氣也消了。馬的速度漸漸變慢，最後停了下來，低頭吃起了青草。蛤蟆舉目觀望，發現自己正在一片寬闊的原野上。離他不遠的地方，停著一輛破爛的吉卜賽大篷車。一個男人坐在旁邊抽著菸，身邊燃著火堆，懸吊在火焰上方的鐵鍋，發出咕嚕咕嚕的冒泡聲，飄散出濃郁的香味。

蛤蟆感到非常飢餓。他仔細打量著吉卜賽人，心裡盤算著，該對他用搶的、還是用騙的？

吉卜賽人也打量著蛤蟆。過了一會兒，他從嘴裡拿掉菸斗，漫不經心地說：「你的馬要賣嗎？」

蛤蟆著實吃了一驚。他沒想到，吉卜賽人需要買馬。

「什麼？賣掉這匹漂亮的小馬駒？」他說，「不，絕對不賣。我非常喜歡這匹馬。」

「那你就試著喜歡驢子吧！」吉卜賽人提議說。

蛤蟆又說：「你難道看不出來，這匹優良的馬是一匹純種馬嗎？我絕對不會賣的。不過話又說回來，要是你真的想買，你打算出多少錢來買？」

吉卜賽人把馬和蛤蟆都上下打量了一番。「一條腿一先令。」他乾脆地說。

「一條腿一先令？」蛤蟆喊道：「等一等，讓我先算算看，這樣總共是多少錢。」

他爬下馬背，扳著手指算了起來。「一條腿一先令，什麼？總共才四先令？那不行，我不賣！」

吉卜賽人說：「這樣吧！我加到五先令。這是我最後的出價。」

蛤蟆坐著，盤算了好一下子。五先令賣一匹馬，價錢似乎太低了。但是這匹馬並沒有花到他一毛錢，所以不管賣多少，都是他賺了。

最後，蛤蟆斬釘截鐵地說：「這樣吧！我告訴你我最後的要價。你給我六先令六便士，另外，給我一份早餐，而且要可以吃到飽。你要是覺得吃虧，那就算了。」

吉卜賽人嘟嘟囔囔抱怨半天，最後還是將錢給蛤蟆。然後，他把鐵鍋裡熱騰騰的雜燴湯倒進一個大鐵盤裡。蛤蟆接過盤子，差點感動得哭出來。他一股腦將食物往肚裡塞，覺得自己這輩子從沒吃過這麼美味的一頓早餐。

蛤蟆吃到肚子再也塞不下了才停止。他起身向吉卜賽人和那匹馬道別。吉卜賽人為他指了路，蛤蟆再次啟程。肚子裡有食物，口袋裡有錢，離他的家和他的朋友也越來越近。此刻的蛤蟆精力充沛、信心百倍，和一小時前的他相比，簡直判若兩人。

「蛤蟆我真是太聰明了！」他高高地翹著下巴，興高采烈地向前走著，「全世界沒有任何一隻動物比得上我！我憑靠自己的智慧和勇氣，從戒備森嚴的大牢裡走了出來。警察開著火車來追我又能怎麼樣？他們連我的影子都沒見到。雖然不幸被一個又胖又壞的女人扔進河裡，但那又算什麼？我不僅搶了她的馬，還用那匹馬換來滿滿一口袋的錢！哈哈！我是聞名天下、英俊瀟灑、戰無不勝的蛤蟆！」蛤蟆越說越得意，不由得扯著嗓門大聲唱起自編的〈自大歌〉。

世上偉大英雄無數，
史書都有記載，
但論名聲響亮，
無一能比我蛤蟆！

世上一流大學才子，
上知天文下知地理，
但論聰明智慧，
無人能及蛤蟆一半！

大軍列隊行進，
全體舉手敬禮，
國王、將軍駕到？
不，是我蛤蟆來了！

皇后偕同宮女，
倚坐窗前做女紅，
皇后驚呼：「那俊美男子是誰？」
宮女齊答：「是蛤蟆呀！」

蛤蟆邊走邊唱，越唱越得意忘形。忽然，他看見迎面而來的一個小黑點，越來越大，接著，兩聲警告的喇叭聲，鑽進他的耳朵，這一切實在太熟悉了！

興奮的蛤蟆喊道：「這才是真正的生活啊！我要讓他們載我一程，運氣好的話，說不定我還能開著汽車回家！這真是太棒了！」

他信心十足地站到馬路中間，向汽車招手。汽車放慢了速度。就在這時，蛤蟆的心猛地一沉，臉色也變得慘白，雙膝一直發抖，行駛而來的汽車，正好是他偷過的那輛，他所有的災難都是從那天開始的！車上的人，就是他在餐館裡遇到的那夥人！

蛤蟆癱倒在地，絕望地喃喃自語說：「完蛋啦！又要落到警察手裡，戴上鐐銬，被關進大牢。唉！我是個十足的大傻瓜！倒楣的蛤蟆啊！」

那輛可怕的汽車在他身邊停了下來。只見兩位紳士走下車，圍著半路上這個縮成一團、正在發抖的可憐東西看。

「真慘呀！看來是位洗衣婦，她半路暈倒了！說不定是天太熱中暑了。」其中一位先生用同情的口氣說：「我們把她抬上車，送到附近的村子裡去吧！」

他們把蛤蟆輕輕抬上車，繼續上路。蛤蟆知道他們沒認出他來，於是小心翼翼地先睜開一隻眼，再睜開另一隻眼。

「看，她清醒了！」一位紳士說：「你現在身體感覺怎麼樣，夫人？」

蛤蟆輕聲說：「真是太謝謝你們了，先生，我覺得好多了。」

「那就好，」紳士說：「現在你最好少說話多休息。」

「好！我不說話，」蛤蟆說：「我只是在想，要是我能坐在司機身邊，讓新鮮空氣直接吹在臉上，我身體一定會好得更快。」

「這女人真聰明！」紳士說。

他們小心地把蛤蟆扶到前座，讓他坐在司機旁邊。對汽車的渴望，在蛤蟆的心裡頭激盪，弄得他躁動不安。

「先生，求你行行好，讓我開一下車吧！」他對司機請求說：「我看你開車的樣子，好像不是很難，挺有趣的。而且我想跟我的朋友們炫耀，告訴他們我曾經開過汽車。」

後座的紳士聽了之後，說道：「好啊！夫人，我欣賞你的這種精神。就讓她試一試吧！」

蛤蟆喜出望外，急不可耐地爬到司機的座位上，雙手緊握方向盤。起先，他裝作謙虛的樣子，聽從司機的指點，開得又慢又小心。

後座的紳士們鼓掌稱讚說：「想不到一個洗衣婦開車能

開得這麼棒！」

漸漸地，蛤蟆腳踩油門，把車越開越快。坐在後面的紳士出聲警告，說：「洗衣婦，開慢一點吧！」這話激怒了蛤蟆，使他開始失去理智。

司機想動手制止，可是蛤蟆用一隻手臂把他牢牢按在座位上，讓他動彈不得。汽車全速奔馳起來。

蛤蟆肆無忌憚地喊道：「哈！這輛車終於落到我這大名鼎鼎、技術超群的蛤蟆手中了！」

車上的人驚恐萬分地大叫起來：「抓住他！他是罪大惡極的蛤蟆！」他們倏地起身，撲到蛤蟆的身上。

蛤蟆突然把方向盤一轉，汽車衝進了路旁的矮樹籬。劇烈的顛簸之後，汽車衝入一個水塘，泥濘的水花四濺。

蛤蟆自己則被彈飛出去，在空中劃出一道優美的弧線。他覺得有點好奇，不知道自己會不會繼續這樣飛下去，直到長出翅膀，變成一隻蛤蟆鳥。突然間，「砰！」的一聲，他四腳朝天地落在了鬆軟的草地上。

蛤蟆坐起來，看到那輛汽車就快要滅頂，車上的人正無可奈何地在水裡掙扎。蛤蟆迅速跳起來，朝荒野的方向拚命跑去。

直到跑得快喘不過氣來，蛤蟆才放慢速度，開始緩步前行。「蛤蟆又成功了！」他得意洋洋地高聲喊道：「又是一次大獲全勝！」

這時從身後不遠處，傳來一陣喧鬧聲，蛤蟆回頭一看。哎呀呀！一個司機和兩名鄉村警察，正飛快地朝他奔來。

蛤蟆一躍而起，「嗖！」的一下，迅速逃走了。一顆心幾乎要跳到喉嚨裡，只敢拚命狂奔。可是他又胖又肥，還有一雙小短腿，根本跑不過他們。

他們離蛤蟆越來越近。這讓蛤蟆顧不得辨別方向，只能發瘋似的亂跑。突然，他一腳踩空，撲通一聲，一頭栽進了大河裡。湍急的水流挾著他向前沖去。

蛤蟆在水裡載浮載沉。忽然，他發現自己正流向岸邊的一個大黑洞。他伸出一隻爪子，抓住岸邊，然後吃力地把身體慢慢拖出水面，兩肘撐在洞的邊緣，大口大口地喘著氣。

蛤蟆喘息著往黑洞裡一看，只見洞穴深處有兩個小光點正朝他移過來。當那光點湊到他前面時，露出了一張熟悉的臉！一張圓圓的、長著鬍鬚的臉，一對小巧的耳朵，以及絲綢一般發亮的毛髮。

原來是河鼠！

蛤蟆

表皮長滿疙瘩且容易缺水，喜歡待在潮濕的環境，如泥穴、濕地、水溝邊等。白天時多會潛伏休息，黃昏和夜晚時才出來捕食。

第十一章　家園變色

河鼠伸出一隻褐色小爪子，緊緊抓著蛤蟆的脖子，將他用力拖進洞裡，這裡正是河鼠的家。

蛤蟆喊道：「河鼠兄啊！你無法想像，我這段日子的經歷，驚險萬分，全靠我聰明的計畫一次次的絕處逢生！他們都被我騙得團團轉！」

河鼠嚴肅地說：「蛤蟆，你快上樓去，脫掉身上這件破衣服，好好把身體洗乾淨，換上我的衣服再下樓來。我這輩子還沒見過比你更狼狽的傢伙！」

蛤蟆起初還想反駁幾句，可是他從鏡子裡看見了自己的樣子，立刻二話不說，乖乖地上樓了。

等他梳洗乾淨下樓時，午餐已經擺在桌上。吃飯時，蛤蟆眉飛色舞地向河鼠敘述他的整個冒險經過。河鼠始終沉默不語，神色卻越來越嚴肅。蛤蟆不停地說著，告一個段落後才停下來。

沉默片刻後，河鼠終於開口說道：「好了，蛤蟆，不論如何，你吃了不少苦頭。不過，你所講的這一切到底有什麼樂趣？歸根究柢，都是因為你迷上汽車，你要到什麼時候才能清醒？」

在河鼠嚴厲地勸導他時，蛤蟆低聲嘟噥著：「可是那確實很好玩呀！」

當河鼠快要說完時，蛤蟆卻深深嘆了一口氣，非常謙遜地說：「河鼠兄！你說得太對了！是的，以前我是多麼狂妄自大啊！不過從現在起，我要做一隻規矩的蛤蟆，再也不幹蠢事了。我們還是心平氣和地聊一下天，然後我會老老實實地走回我的『蛤蟆之家』，重新過著安逸平穩的日子，再也不會胡思亂想、胡作非為了。」

「老老實實地走回『蛤蟆之家』？」河鼠激動地用拳頭重重地敲著桌子，喊道：「難道你沒聽說，白鼬和黃鼠狼已經強占了『蛤蟆之家』嗎？」

聽到河鼠這麼說，大滴的眼淚如泉水般從蛤蟆的眼眶湧出，滴落在桌面上。

河鼠緩緩地說：「自從你入獄消失了一陣子之後，動物們分成了兩派。河上的動物都支持你，說你受到不公正的對待；可是野樹林的動物卻說得很難聽，他們說，你是自作自受罪有應得，永遠不會回來了。」

蛤蟆點了點頭，一言不發。

「可是鼴鼠和獾卻不辭勞苦地四處奔波，總跟別人說有一天你一定會回來的。」河鼠接著說。

蛤蟆在椅子上坐直了身子，臉上浮現出一絲傻笑。

「所以，鼴鼠和獾搬進『蛤蟆之家』，就睡在那裡，他們經常打開門窗讓房子通通風，只為了等你回來。」河鼠繼續說：「但是，在一個狂風暴雨的夜晚，一幫全副武裝的黃鼠狼偷襲了『蛤蟆之家』。他們把手無寸鐵的鼴鼠和獾連打帶罵地趕到屋外去，讓他們在風雨中挨冷受凍。」

聽到這裡，蛤蟆居然沒心沒肺地笑了出來，但又趕緊住口，擺出非常莊重嚴肅的樣子。

「從那以後，那些野樹林的動物就在『蛤蟆之家』住了下來。」河鼠接著說：「他們在那裡為非作歹，甚至對外揚言，要在『蛤蟆之家』永遠住下去。」

「他們敢！」蛤蟆站起來，抓起一根棍子，「我馬上就去教訓他們！」

「你給我回來！」河鼠對著蛤蟆的背後喊道。

可是蛤蟆已經頭也不回地走了。他棍子扛在肩膀上，邊走邊罵地直接衝到「蛤蟆之家」的大門前。突然，柵欄後面鑽出一隻手裡握著槍的黃鼠狼。

「是誰？」黃鼠狼厲聲問道。「竟敢對我出言不遜？」蛤蟆怒氣沖沖地說：「快滾開！」黃鼠狼二話不說，把槍舉到肩頭。「砰！」一顆子彈從蛤蟆頭上呼嘯而過。蛤蟆嚇了一大跳，立刻往回逃。他聽見黃鼠狼在張狂大笑，還穿插著一些可怕的尖聲輕笑。

蛤蟆洩氣地回到河鼠家，河鼠對他說：「我不是告訴過你嗎？那是沒有用的，你必須要等待時機。」

不過，蛤蟆不願意善罷甘休。他駕著船，划到能夠看見自己家的地方，伏在槳上仔細地觀察。他看到「蛤蟆之家」在夕陽照射下發著光，屋簷下棲息著三三兩兩的鴿子，四處靜悄悄的，看不見任何動物的蹤影。

他小心翼翼地划進小支流，剛要從橋下鑽過去，卻聽見一聲：「轟隆！」一塊巨石從橋上直落下來，砸破了船底。船底不斷湧入河水，最終沉了下去。蛤蟆掙扎著從深水裡抬起頭時，看見兩隻白鼬正從橋欄杆上探出身子，樂不可支的樣子。蛤蟆氣呼呼地向岸邊游去，兩隻白鼬放聲大笑，笑得幾乎要暈過去。

回到好朋友家，河鼠對無精打采的蛤蟆說：「你真是讓人傷透腦筋，真不知道還有誰會願意做你的朋友了！」

蛤蟆很坦率地承認自己犯的過錯，誠心誠意地向河鼠道歉：「請相信我，從今以後，沒有經過你的同意，我絕不輕舉妄動！」

河鼠終於心平氣和地說：「我認為，我們兩個現在真的無能為力，等見到鼴鼠和獾以後，我們再一起商量，也許他們會有什麼好方法。」

「喔！鼴鼠和獾，」蛤蟆一派輕鬆地說：「他們現在還好嗎？」

河鼠責備蛤蟆：「虧你還想到要關心他們！在你開著豪華汽車四處兜風的時候，那兩個可憐的朋友卻餐風露宿，隨時替你守著房子，監視著那幫傢伙，絞盡腦汁盤算著怎樣為你奪回財產。你實在不配有這樣真誠忠實的朋友。若你再不好好珍惜他們，總有一天你會後悔的！」

蛤蟆抽泣著說：「我這就去找他們，跟他們一起同甘共苦，我要證明……等一等！我聽到茶盤上碗碟的叮噹聲，晚飯做好了！」

河鼠想到蛤蟆吃了很多苦，所以熱情地勸蛤蟆晚餐時多吃一些。就在他們剛吃完晚餐的時候，傳來重重的敲門聲。

進來的是獾先生。他衣衫不整，毛髮蓬亂，看上去像是有幾夜沒有回家了。他嚴肅地走到蛤蟆面前，和他握手，說道：「歡迎回『家』啊，蛤蟆！」說完，便轉過身坐到餐桌旁，切了一大塊的冷餡餅吃了起來。

蛤蟆感到忐忑不安。河鼠悄悄對他說：「別在意。現在別跟他說話。他餓的時候總是會這樣情緒低落。再過半個小時，他就會變成另一個樣子。」

不一會兒，又響起一陣輕輕的敲門聲。這一次進來的是鼴鼠，他也是一副衣衫襤褸的樣子，毛上還沾著一些草屑。

「啊哈！這不是蛤蟆嗎？」鼴鼠驚喜地喊道：「沒想到你這麼快就回來了！」他圍著蛤蟆手舞足蹈起來。「一定是逃出來的吧？你這隻聰明又機靈的蛤蟆！」

河鼠連忙拉了拉鼴鼠的袖子，可是已經太遲。蛤蟆再度挺起胸膛自吹自擂了起來。他說：「我只不過是逃出一座最堅固的監牢，搭上一列火車逃之夭夭，然後喬裝一下瞞過所有的人！」

接著，蛤蟆兩腿叉開站在地毯上，從褲子口袋裡掏出一把銀幣。

「你們看這個！」他賣弄著手裡的銀幣。「你猜我是怎麼弄到的？」

「你繼續說吧，蛤蟆。」鼴鼠感興趣地說。

「蛤蟆，你先安靜一下！」河鼠先是制止蛤蟆，接著對鼴鼠說道：「鼴鼠，趕快告訴我們，現在情況怎麼樣了？」

「情況簡直糟透了。」鼴鼠氣呼呼地說：「到處都設了崗哨，他們還把槍口對準我們。」

「情況的確很不妙，」河鼠沉思著，「不過我認為，蛤蟆應該⋯⋯」

蛤蟆激動地喊道：「我才不聽你們的命令呢！現在談論的是我的房子，該做什麼我自己很清楚。」

「全都安靜！」一個尖細、乾澀的聲音說。霎時間，房裡鴉雀無聲。

說話的是獾。他疾言厲色地說：「蛤蟆！難道你不覺得羞愧嗎？你想想，要是你的父親今晚在這裡，知道你的所作所為，他會怎麼說？」

聽到這些話，蛤蟆忍不住掩面痛哭，淚如雨下。

「好了，別哭啦！」獾語氣溫和了一些，「過去的就讓它過去吧！我們得向前看。不過鼴鼠說的全是實情，現在我們實在是寡不敵眾。」

「這麼說，一切都完蛋啦！」蛤蟆哽咽著說。

獾一字一句、意味深長地說：「我的話可還沒說完呢！現在，我要告訴你們一個大祕密。離我們這裡不遠的河岸邊有一條地下通道，可以一直通到『蛤蟆之家』的中心。」

蛤蟆慢慢地坐起來，擦乾了眼淚，說：「不可能！『蛤蟆之家』的每一吋土地，我都瞭若指掌。我敢向你保證，根本沒有什麼地下通道。」

獾嚴肅認真地說：「你的父親和我是至交，是他發現那條通道，並且曾經帶我去看過。他對我說：『別讓我的兒子知道，因為他的嘴巴守不住祕密。等他遇到麻煩，用得上通道時，再告訴他。』」

聽了這話，蛤蟆起初有點惱火，可是很快就面露喜色。「也許我是真的有點太多話了。」他說：「但誰叫我天生口才好呢！繼續講下去，老獾，這條通道對我們有什麼用？」

獾接著說：「我收到消息。明天晚上，『蛤蟆之家』要舉行一場盛大的宴會，大概是要給黃鼠狼首領慶生。所有的黃鼠狼都會聚集在宴會廳裡狂歡，不會帶任何武器！而那條地道，正好直通到宴會廳隔壁的餐具室地板下面！」

「啊哈！難怪餐具室的那塊地板老是喀喀作響！現在我可全明白了！」蛤蟆說。

「我們可以悄悄爬進餐具室。」鼴鼠喊道。

「帶著手槍、刀劍和棍棒」河鼠嚷道。

「直接衝進去……」獾說。

「狠狠揍他們一頓！」蛤蟆喜不自勝地在房間裡兜著圈跑。

「那好，我們的計畫就這麼定了。」獾命令道：「現在大家都去睡覺。明天早上我們再做安排。」

第二天早上，蛤蟆起床下樓時，才發現其他人都吃過早餐了。獾正坐在扶手椅上看報紙，河鼠在屋裡來回奔忙。

他把各種各樣的武器放在地上分成四小堆，一邊跑，一邊興奮地說：「我拿這把劍，這枝手槍給獾，鼴鼠就拿這根棍子，這把刀是蛤蟆的！」

「你做得很好，河鼠，」獾從報紙上抬眼望著忙碌的河鼠，「不過，只要我們順利進入宴會廳，一人一根棍子就夠了，不用五分鐘，一定能把他們全部擺平。」

「小心一點總沒有壞處吧？」河鼠用袖子把一枝槍管擦

得閃閃發亮，順著槍管查看著。

不一會兒，鼴鼠跌跌撞撞衝進屋來。他得意地說：「真痛快！我把那些白鼬耍得團團轉！」

「你沒有把我們的計畫搞砸了吧？」河鼠擔心地問。

「當然沒有，」鼴鼠充滿自信地說，「早上我看見架上掛著蛤蟆昨天穿回來的那身洗衣婦的裝扮，就心生一計。我把它們穿戴上，一路走到『蛤蟆之家』的門口。那些哨兵盤問我，我就假裝恭敬地問他們：『你們有衣服要洗嗎？』那個當班的守衛對我嚷道：『馬上滾開！』我說：『叫我滾？恐怕用不了多久，該滾的就不是我了！』那個守衛對他的手下說道：『你別理她了，我想她自己也不知道自己在胡說些什麼。』『什麼！我不知道？我告訴你們，今天晚上，一百個持槍的獾，會從馬場那邊進攻蛤蟆之家；滿滿六艘船，拿槍帶棍的河鼠，要在花園登陸；還有一隊想要報仇雪恨的蛤蟆敢死隊，將襲擊果園。到時候你們就不會有什麼東西可洗了，除非你們趁早撤出去！』說完我就跑走了。」

「哎呀！你怎麼可以這麼說？」河鼠驚慌地說。

「哎呀！鼴鼠，你把一切全搞砸了！」蛤蟆嚷道。

「做得太好了！鼴鼠！」獾平靜地說：「你一個小手指頭裡的才智，遠比其他動物肥胖的身體裡的才智還要多。」

蛤蟆嫉妒得都要發瘋了，他搞不懂，為什麼鼴鼠這樣做反而被稱讚是聰明的。幸好，在蛤蟆還沒來得及發脾氣的時候，午餐的鈴聲就響了。

吃完飯後，獾安坐在一張扶手椅上，說：「趁現在還有時間，我要來睡個午覺。」然後很快就鼾聲大作睡著了。

黃鼬

又稱黃鼠狼，身軀細長，毛髮呈紅黃色。主要以田鼠、松鼠等囓齒類動物爲食。長居住在洞穴之中，擅於攀高與游泳。

第十二章　榮歸故里

天快要黑了。河鼠興奮地招呼夥伴們各自站到一小堆武器前面，開始動手為他們武裝起來。

萬事俱備，獾一手提著一盞燈籠，另一手握著一根大木棒說：「現在跟我來吧！鼴鼠打頭陣，接著是河鼠，蛤蟆殿後。聽著，蛤蟆！你不許像平常那樣多嘴，否則我就把你趕回去！」

蛤蟆生怕會被留下，只好一聲不吭地聽從命令。

獾領著大夥兒沿著河邊走了一小段路，然後，他突然翻身爬下河岸，鑽進岸邊離水面不遠的洞。鼴鼠和河鼠也一聲不響地跟著鑽進洞裡。不過輪到蛤蟆時，他撲通一聲跌進水裡，發出一聲驚恐的尖叫。朋友們趕緊把他拉了上來。獾又再次警告蛤蟆，要是下次再出差錯，一定會把他給丟下。

他們終於進入那條祕密通道。地道環境低矮狹窄，陰暗潮濕，渾身濕透的蛤蟆忍不住發起抖來。這時，蛤蟆聽到河鼠提醒：「快跟上！」便急忙向前走了幾步，卻一頭撞到了河鼠，河鼠又撞到鼴鼠，然後鼴鼠又撞倒獾，剎那間，場面一片混亂。獾以為從背後遭到襲擊，拔出手槍準備射擊。

等真相大白後，獾大怒道：「這次，可惡的蛤蟆必須留下來！」

蛤蟆嗚嗚咽咽哭了起來，河鼠和鼴鼠連忙保證會負責照看好蛤蟆，獾才終於消了氣。

再次出發時，換河鼠走在隊伍的最後面，他一邊走，還一邊牢牢地抓住蛤蟆的雙肩。

就這樣，他們一路摸索，蹣跚前行。忽然，他們聽到頭頂上傳來歡呼聲、踩踏地板聲和碗盤的碰撞聲。

「這群黃鼠狼嬉鬧得正開心呢！」獾說。

他們快步走到地道的盡頭，發現已經來到通往餐具室那道門的下面。

獾一聲令下：「弟兄們，一起用力！」接著四個朋友同時用肩膀頂住門，把門給頂開，從地道裡爬了出來。

隔壁的喧鬧聲震耳欲聾。他們聽見一個聲音在說：「好啦！在我坐下之前，（一陣歡呼）我想為我們好心的主人蛤蟆先生說幾句好話。我們都認識蛤蟆！（哄堂大笑）真是誠實善良的蛤蟆！（尖聲歡鬧）」

「我非過去揍他不可！」蛤蟆咬牙切齒地說。

「再忍耐一分鐘！」獾好不容易才穩住蛤蟆。

「我給你們唱一首小曲子，」黃鼠狼首領又說：「這是我給蛤蟆編的歌。」（掌聲持續了很長時間）接著，他就尖著嗓子唱起歌來。

獾挺直身體，向夥伴們喊道：「時候到了，大家跟我來吧！」然後將門推開。

他們憤怒地衝進宴會廳。力大無窮的獾，吹鬍子瞪眼，手中的大木棒在空中揮舞得虎虎生風；鼴鼠橫眉豎目揮著木棒，高喊著令人膽寒的戰鬥口號；河鼠攜帶著各式各樣的武器，奮不顧身地投入戰鬥；蛤蟆騰空而起，發出狂叫聲，嚇得敵人魂飛魄散。

敵人恐懼地尖叫著跳出窗子、竄上煙囪，四面逃竄。戰鬥很快就結束。地板上，橫七豎八躺著幾十個敵人，鼴鼠正忙著給他們戴上手銬。黃鼠狼往外逃竄時發出的尖叫聲，透過破碎的窗子，隱隱傳回他們的耳中。

獾說：「鼴鼠，你真棒！麻煩你抄近路出去，看看那些白鼬守衛在做什麼？」鼴鼠馬上從窗口跳了出去。

獾又指示河鼠和蛤蟆整理一下現場。「我現在需要吃點什麼，」獾說：「都起來動一動，蛤蟆，我們替你奪回了房子，你總得招待我們一下。」

蛤蟆覺得心裡有些委屈，因為獾沒有像對鼴鼠那樣稱讚他。蛤蟆對自己的英勇表現十分得意，尤其是他還揍了黃鼠狼首領一頓。不過，他還是和河鼠一起四處搜尋起來。沒多久，他們就找到了一大堆好吃的東西。

這時，鼴鼠抱著一堆槍，從窗戶爬進來，報告說：「那些白鼬一聽到大廳裡的叫嚷聲，很多就扔下槍逃之夭夭了。另一些堅守崗位的白鼬，看到黃鼠狼朝他們奔來，以為自己被出賣了，於是就抓住黃鼠狼不放，互相扭打在一起，在地上滾來滾去，最後全都滾到河裡去了！我把他們的槍都抱回來了！」

獾說：「現在，鼴鼠，我請你辦最後一件事，請你把地板上躺著的這些傢伙們帶到樓上，命令他們把臥室澈底打掃乾淨，然後，要是你想出出氣，也可以揍他們一頓，再把他們攆出門去。辦完之後，就一起過來吃飯吧！」

好脾氣的鼴鼠拾起一根棍子，把俘虜們押到樓上去。過了一陣子，他下樓來微笑著說：「每間房間都打掃得乾乾淨淨。我也不用揍他們，我想他們今晚已經被打夠了。」他又說：「他們都對過去的所作所為深感懊悔，說今後一定會為我們效力，將功贖罪。所以，我給他們一人一個麵包捲，就放他們走了！」

說罷，鼴鼠坐在餐桌旁，埋頭大吃起來。蛤蟆把一肚子的嫉妒都拋在一邊，誠心誠意地說：「親愛的鼴鼠，你今晚辛苦了，而且我還要特別感謝你今天早上的聰明機智！」

心滿意足地吃完晚餐，他們便各個上樓睡覺去了——安安穩穩地睡在蛤蟆的房子裡——這是他們用勇敢和智慧奪回來的。

第二天早上，蛤蟆睡過頭了，等他下樓來吃早餐時，發現桌上只剩下一堆蛋殼和幾片冰涼的烤麵包。這讓蛤蟆非常生氣，不管怎麼說，這是他的家呀！

蛤蟆一邊暗自抱怨，一邊勉強吃起了早餐來。坐在扶手椅上、正聚精會神讀著早報的獾抬起頭來，簡短地說：「蛤蟆，今天早上你有事要做了。今天晚上我們應該舉行一場慶祝宴會，請柬要馬上寫好發出去，這件事必須由你來做，這是規矩。宴會的事情我會去安排。」

蛤蟆苦著臉說：「這麼美好的早晨，還要我悶在屋子裡寫信！我想在我的莊園裡痛快地走一走。不過，我自己的快樂又算得了什麼呢！為了神聖的職責和友誼，我樂意做出這些犧牲！」

獾疑惑地望著蛤蟆，想不通蛤蟆的態度怎麼會有這麼大的轉變。

等獾一離開餐廳，蛤蟆馬上衝向書桌。請柬當然要由他來寫，信裡少不了要提到他在那場戰鬥中的領導地位。他要詳細講述自己如何把黃鼠狼首領打倒在地，還要講講其他傳奇經歷，除此之外，在請柬的空白頁上，他還要列出晚宴的餘興節目。

蛤蟆對自己的想法大為得意，於是他振筆直書，到中午的時候，所有的信都寫好了。這時，一隻昨天被俘的黃鼠狼主動上門來，怯生生地問，能不能為先生們效勞。蛤蟆神氣十足地走過去，拍拍他的腦袋，把那些邀請函塞在他的爪子裡，吩咐他火速把信送出去。黃鼠狼感到受寵若驚，急匆匆地執行任務去了。

另外三隻動物在河上玩了一整個上午，談笑風生地回來吃午餐。一開門就看到蛤蟆一副趾高氣揚的樣子，鼴鼠不禁有些納悶，河鼠和獾則是有默契地交換了一下眼神。

午餐一吃完，蛤蟆就把雙爪插進褲子口袋裡，漫不經心地說：「好吧！夥伴們，你們請隨意，需要什麼，再儘管吩咐我！」說完，他就想大搖大擺地朝花園走去。他要在那裡好好構思一下今晚演講的內容。

這時，河鼠抓住他的手臂。蛤蟆想要掙脫，可是當獾緊緊抓住他的另一隻手臂時，他就知道他的花樣要不成了。

獾和河鼠挾著他走進房間，把他推到椅子上坐下。

河鼠說：「聽著，蛤蟆，這次宴會上不許演講，也不許唱歌。我們不是在和你討論，而是告訴你該怎麼做。」

蛤蟆知道夥伴們已經把他看透了，他的美夢再次破滅。

「我能不能唱一首小曲子？」他可憐兮兮地央求道。

「不行！連一首小曲子也不能唱。」河鼠堅定地說，儘管他看到可憐的蛤蟆那顫抖的嘴唇，也感到非常不忍心。

獾直截了當地說：「你很清楚，那並沒有好處。你的歌全都是自吹自擂，你的演講全都是胡說八道……」

「這都是為你好！」河鼠繼續說：「你得洗心革面，而現在正是你一生中最重要的轉捩點。」

「其實，我的要求很小，只不過是讓我再盡情表演一個晚上，讓我聽聽雷鳴般的掌聲。」蛤蟆沉思許久，抬起頭斷斷續續地說：「從今以後，我一定會重新做人。朋友們，你們再也不會因為我而感到羞愧了。」蛤蟆用手帕捂住臉，踉踉蹌蹌地走出房間。

河鼠說：「獾，我覺得自己這樣太狠心，你覺得呢？」

「我明白，可是我們非做不可。」獾臉色嚴肅，一本正經地說：「難道你想看著他成為大家的笑柄嗎？」

「當然不想。」河鼠說：「幸好我們碰上給蛤蟆送信的黃鼠狼，猜到事有蹊蹺，抽查了其中的幾封信。果然不出所料，那些信寫得真是丟人現眼。我把它們全沒收了。鼴鼠現在正在房間裡，重寫一份簡潔明瞭的請帖呢！」

舉行宴會的時間就快到了。蛤蟆一直獨自躲在他的臥室裡。他用爪子撐住額頭，凝神思考了很久。漸漸地，他的臉色開朗起來，有點難為情地笑了起來。

他站起身，鎖上房門，拉上窗簾，把房間裡所有的椅子擺成一個弧形，自己昂首挺肚地站在正前方。然後，他鞠了個躬，咳了兩聲，對著想像中的熱情觀眾們，放開嗓子唱起〈蛤蟆的最後一首小曲子〉。

蛤蟆回來啦！
他砸碎玻璃，
破門而入。
客廳裡，驚恐萬狀，
黃鼠狼四處奔逃
紛紛倒地斃命……

歌聲嘹亮，蛤蟆充滿感情地唱了一遍又一遍。然後，他深深地吐出一口很長、很長的氣。接著他打開門，靜靜地走下樓，去迎接賓客們。

他走進客廳的時候，所有的動物都高聲歡呼，圍過來祝賀他，讚美他的勇敢、聰明和戰鬥精神。而蛤蟆只是淡淡地笑著，輕輕地說：「哪裡！哪裡！這沒什麼。」

水獺看到蛤蟆，大叫一聲跑過來，開心地一把摟住他的脖子，想要拉著他像英雄一樣在屋裡繞一圈。可是蛤蟆掙脫水獺的雙臂，溫和地說：「獾才是指揮這次行動一切的靈魂人物，鼴鼠和河鼠也功不可沒，而我幾乎沒出什麼力。」

蛤蟆出人意外的表現，讓動物們不知所措。當蛤蟆謙虛有禮地回答每一位客人時，他覺得自己成了客人們真正感興趣的對象。

獾把一切安排得很周到，晚宴圓滿成功。整個晚上，賓客們笑語不絕。端坐在主人席位上的蛤蟆，卻始終保持謙虛的態度，偶爾才和身邊的動物們客氣地寒暄幾句。有時候當他偷瞄獾和河鼠一眼時，總是看到他們驚訝得張口結舌。這讓蛤蟆心裡感覺十分痛快。

宴會進行到中場時，有人敲著桌子喊道：「蛤蟆，來段演講呀！來唱首歌呀！」

可是蛤蟆只是輕輕地搖搖頭，表示反對。他細心地關照客人們多多用餐，和氣的和他們閒聊家常。

蛤蟆真的變了！變成一隻洗心革面的蛤蟆了！

盛會之後，四隻動物繼續過著歡快安逸的生活。蛤蟆和朋友們商量後，挑了一條漂亮的金項鍊，配上一個鑲著珍珠的小匣子，外加一封連獾也認為謙虛得體的感謝函，差人送去給獄卒的女兒。蛤蟆還酬謝了火車司機。而且在獾的嚴厲敦促下，他們費了一番周折找到那位船婦，賠償了她丟失馬匹的錢。

在漫長的夏日黃昏，他們偶爾會一起去野樹林散步。每當他們經過，黃鼠狼媽媽們總會把自己的小孩帶到洞口，指著外面說：「瞧，孩子們，那是偉大的蛤蟆先生！他旁邊是英勇的河鼠大俠。而那一位，就是你們的父親常常說起的、著名的鼴鼠先生！」

要是孩子們不聽話，這些媽媽就會嚇唬說，如果他們再玩鬧、不聽話，可怕的獾就會把他們抓走。雖然獾其實挺喜歡孩子的，不過，黃鼠狼媽媽這一招，總是很管用。

柳林風聲記學習單

肯尼斯・葛拉罕（了解作者與作品）

1. 《柳林風聲》是一個以擬人化的方式描繪動物社會的童話故事，如果你要創作一個故事，你會選擇將什麼擬人化？

2. 《柳林風聲》源於作者為兒子講述的床邊故事。換位思考看看，如果要為自己父母講述床邊故事，你會選擇什麼樣的故事呢？

柳林風聲（故事內容的回顧）

1. 看完這個故事，你認為鼴鼠、河鼠、獾與蛤蟆的個性分別是什麼？

2. 故事中的河鼠聽到了哪些關於南方的描述，而開始嚮往南方旅行？

離家與回家（假如故事內容發生在自己身上會怎麼做？）

1. 你曾經有想要離家的衝動嗎？為什麼？最後有付諸行動嗎？

2. 鼴鼠曾為錯過回家時機而嚎啕大哭，最後是河鼠使牠瞭解家對自己的意義。對你而言，家的意義是什麼？

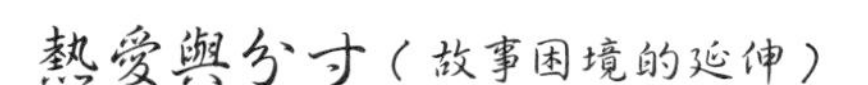

熱愛與分寸（故事困境的延伸）

1. 你也有熱愛的物品或興趣嗎？是什麼？

2. 如果熱愛的事物遭到家人和朋友勸阻，你會怎麼做？

好朋友和壞朋友（故事內容的延伸）

1. 故事中的蛤蟆為人直爽、重感情、身家富裕，他有可貴的優點，卻也有常惹禍、衝動的缺點，如果你是癩蛤蟆的朋友，你覺得他算是「好」朋友還是「壞」朋友？為什麼？

2. 如果你曾多次勸告朋友停止不良行為，對方仍執迷不悟、不知悔改，你會怎麼做？為什麼？

眼中世界（活動）

故事中，作者用文字細心描述河邊與樹林裡的旖旎風光，讓我們全心投入到生動活潑的動物世界中。

請你也試看看，將最熟悉的場景（比如家、學校，或者最常出遊的地點）用照片、短片的方式記錄下來，向家人朋友介紹你最喜歡的地方吧！

國家圖書館出版品預行編目（CIP）資料

樂動森林 Forest narratives : 森林報 & 柳林風聲 / 維．比安基 (Vitaly Bianki), 肯尼斯．葛拉罕 (Kenneth Grahame) 作. -- 初版. -- 桃園市 : 目川文化數位股份有限公司, 2022.03
192 面 ; 20x13 公分. -- (典藏文學 ; 4)
譯自 : Forest newspaper
譯自 : The wind in the willows
ISBN 978-626-95460-6-0(精裝)

815.96　　111002524

典藏文學 04

樂動森林 Forest Narratives

森林報&柳林風聲

作　　者：維．比安基 Vitaly Bianki
　　　　　肯尼斯．葛拉罕 Kenneth Grahame
主　　編：林筱恬
責　　編：蔡晏姍
美術設計：巫武茂、黃子庭
出版發行：目川文化數位股份有限公司
總 經 理：陳世芳
發行業務：劉曉珍
法律顧問：元大法律事務所 黃俊雄律師
地　　址：桃園市中壢區文發路 365 號 13 樓
電　　話：（03）287-1448
傳　　真：（03）287-0486
電子信箱：service@kidsworld123.com
網路商店：www.kidsworld123.com
粉絲專頁：FB「悅讀森林的故事花園」
印刷製版：長榮彩色印刷有限公司
總 經 銷：聯合發行股份有限公司
地　　址：新北市新店區寶橋路 235 巷 6 弄 6 號 4 樓
電　　話：（02）2917-8022
出版日期：2022 年 3 月（初版）
I S B N：978-626-95460-6-0
書　　號：CACA0004
定　　價：680 元